WISELOVEHOPE, DKK (25 PENA)

Risalah Rindu

Kata Hati tak Terucap
Menunggu 'tuk Diungkap

PI MEDIA

Risalah Rindu

Wiselovehope dkk. (25 Pena)

Penyunting : Ikhwanul Halim
Desain Sampul : Sausalina Isaurina & Wiselovehope
Tata Letak : Tim PIMEDIA

Diterbitkan oleh PIMEDIA Bandung
2021

ISBN 978-623-96653-9-5

Puji syukur kami panjatkan ke hadirat Tuhan Yang Maha Esa atas diterbitkannya buku antologi kolaborasi pertama kami, Risalah Rindu.

Sebuah persembahan rangkaian kata-kata dari lubuk hati kami yang terdalam.

Rindu kepada Tuhan, rindu kepada orang tua, pasangan, buah hati dan keluarga, rindu pada kesayangan hingga rindu pada kenangan dan kebebasan.

Kami berharap semoga kisah-kisah kami ini abadi, memupuskan rindu yang hadir di hati. Menjadi warisan aksara abadi bagi yang kami cinta dan mencintai kami.

Juga bagi penikmat kisah kami di manapun Anda berada, izinkan kami mewakili kerinduan Anda.

Jakarta, medio Juli 2021.
Wiselovehope, dkk.
25 Pena.

INTRODUCTION

Kisah-kisah bertema kerinduan dalam buku ini adalah proyek kolaborasi pertama kami sebagai penulis pemula yang berasal dari seluruh Indonesia.

Sebagian murni fiksi, sebagian diinspirasi oleh kisah nyata. Walau belum sempurna, kami berharap suara-suara yang kami tuliskan dalam bentuk aksara ini menggemakan kerinduan kita terhadap apa dan siapa saja yang mungkin masih ada ataupun pernah ada. Membawa air mata dan juga bahagia. Rindu kami semua yang kami curahkan ini semoga menjadi rindu Anda kepada kami suatu hari nanti. Kata-kata kami biarlah menjadi abadi di dalam buku sederhana ini.

Salam, Wiselovehope.

DAFTAR ISI

Kangen

Wiselovehope

"Hai, Rey," Sapaku di Wechat-nya, "Udah sarapan belum? *I miss you*."

"Udah. *Breakfast* di hotel sini."

"Apa menunya?"

"Internasional, *all-you-can-eat*, tapi tak begitu lezat. Jauh lebih enak makanan rumah kita di Jakarta."

Setelah menjadi belahan jiwanya selama hampir sepuluh tahun atau satu dasawarsa lamanya, baru kali inilah kurasa begitu berat bila ia tiada di sisi. Walau tak sampai seminggu.

"Hanya beberapa hari," ucapnya kala mengabarkan kepergiannya bulan lalu.

Bila selama ini Rey selalu hadir di sini, menemaniku, tidur seranjang setiap malam, walau di tengah-tengah hampir selalu ada bocah bungsu kami.

Bila biasanya ia tak banyak bicara, hanya sesekali kami bertukar kata, saking lelahnya kami berdua sebagai pasangan orang tua yang bekerja. Sama seperti keluarga muda 'Generasi *Sandwich*' lainnya, di mana kedua orang tua *full-time* bekerja sementara kakek-nenek di rumah menjaga cucu-cucu mereka.

Bila seperti rutinitas pasangan pada umumnya, kami hanya sesekali bisa sayang-sayangan bersama saat putra-putra kami sedang asyik bermain atau telah pulas tertidur.

Namun hari ini, setelah Rey berangkat, untuk pertama kalinya kurasa hadir kekosongan, kehampaan yang amat sangat...

Pagi-pagi buta, setelah semalaman kubantu Rey membereskan beberapa pasang busana kerja maupun pakaian tidur untuk bekalnya bermalam di negeri asing dingin nun jauh di sana, aku belum tahu rasanya akan sesedih ini.

Ia bukan berangkat untuk jalan-jalan alias berwisata, melainkan pergi karena tugas kantor untuk melihat pameran produk yang mereka pasarkan.

Rey berpamitan karena harus segera ke bandara dengan taksi *online*, dan kopernya sudah siaga di pintu.

Dan tak banyak kami ucap kata pamit atau sayang-sayangan seperti dalam sinetron atau novel-novel *mainstream*. Karena kami masih serumah dengan ibunya. Jadi tentunya ada rasa malu dan segan bin enggan bermesraan. Hanya kuucapkan kata, "Hati-hati, Sayang. Kabari pas tiba. Cepat kembali, ya."

Di negeri yang ia tuju tak ada aplikasi *chatting* Whatsapp seperti yang biasa kami gunakan. Jadi kami harus unduh Wechat, aplikasi yang umum digunakan di sana.

Dan dalam rinduku, kutunggu hanya satu pesan dari Pangeran Hatiku, mengabarkan bahwa pesawat terbang yang membawanya telah mendarat dengan selamat.

Pagi-pagi kuantarkan dulu putra sulung kami ke sekolah, tak jauh, cukup 10 menit berjalan kaki. Setelah ia masuk ke kelas dengan aman, barulah aku berangkat bekerja dari halte Transjakarta terdekat.

Lama baru kuterima kabar dari Wechat-nya, mengabarkan bila ia sudah tiba di ibukota Negeri Tirai Bambu dengan selamat bersama teman-teman sekantornya.

Rey berkata akan mengabariku setiap hari, tetapi tidak bisa menggunakan *voice* atau *video call,* karena tak ingin menggunakan *wi-fi* di hotelnya.

Tak tahu mengapa, takkan mendengar suaranya yang rendah menawan untuk beberapa hari beberapa malam saja, sudah membuatku begitu rindu.

Sesekali ponsel berbunyi, *chat* Rey menyapa, kadang seperti sengaja menggodaku.

"Hai, Mami sedang apa? ^_^"

"Sepi banget, sih, nggak ada kamu, Pi," rutukku sebal.

"'Kan ada minion-minion kita, Mi," candanya di *chat,* yang selalu membuatku tersenyum.

"Gak sampe seminggu pergi, aku akan pulang segera, tahun ini juga kita akan pergi jalan-jalan ke Negeri Jiran sama anak-anak, kan?" demikian ia tambahkan.

"Di sana enak, nggak?"

"Lumayan. Masih akhir musim dingin. Untung nggak lupa bawa *sweater* dan kaus kaki tebal."

"Baik-baik di sana ya, Pi."

Selama beberapa hari itu kurasakan hampa yang amat sangat. Terkadang air mata mengalir tanpa sadar, tanpa kuinginkan.

Bukannya aku cengeng atau merasa tak sanggup mengurus anak-anak kami 'sendirian'. Hanya saja baru kali ini aku memaknai, apapun yang sehari-hari kita alami, walau sesederhana dan sesimpel apapun, jangan pernah *take it for granted*' alias hanya dimaknai sebagai sesuatu yang sudah rutin, biasa-biasa saja dan sewajarnya.

Walau pasangan kita itu tak melakukan apa-apa, semisalnya hanya beristirahat menonton televisi sepulang kerja, tidaklah benar jika kita langsung menganggapnya malas atau tak perduli.

Karena sesungguhnya, *kehadirannya,* walau apapun yang ia lakukan atau tidak lakukan, sangatlah berarti. Daripada *ketidakhadirannya.*

Wajahnya yang *baby face*, perawakannya yang imut dan awet muda, matanya yang sipit, senyumnya yang nakal, selalu terbayang di manapun aku berada.

Dan aku hanya bisa berdoa, supaya di mana pun Rey-ku berada, ia dijaga dan dipeliharakan Tuhan. Supaya segera ia kembali dan dipertemukan kembali dengan selamat ke dalam keluarga kami. Ke dalam pelukanku dan anak-anak kami.

Beberapa hari terasa lama sekali berlalu seperti beberapa tahun. Mungkin kedengarannya berlebihan, cengeng dan terlalu *lebay*, namun jujur saja, memang semua itulah yang kurasakan.

Dan ketika hari kepulangan Rey tiba, sungguh bukan oleh-oleh atau buah tangannya yang kuharapkan. Bukan foto-foto atau video perjalanannya yang kuingin segera lihat. Namun keberadaannya tiba kembali di Jakarta secara utuh, sehat dan selamat saja sudah amat kusyukuri.

"Aku pulang," sapanya riang di depan pintu.

"Welcome back, Papi."

"I miss you. Do you miss me?"

"I miss you, too."

Sungguh banyak pasangan suami-istri merasa nyaman dan *fine-fine* alias santai saja saat harus berjauhan. Ada yang setuju dan oke-oke saja melakukan LDR alias *long distance relationship*. Mungkin demi mencari sekeping rupiah atau sesuap nasi, mungkin karena kesepakatan bersama, entahlah. Setiap keluarga tentunya memiliki alasan dan kesepakatan masing-masing. Tak ada yang paling benar maupun pasti, semuanya tergantung pemahaman dan kata hati nurani masing-masing.

Namun sejujurnya, kami tak sanggup hidup demikian. Salut untuk mereka yang sanggup dan masih bertahan hingga kini. Sebab bagi kami, kerinduan itu tak hanya cukup dipupuskan dengan suara atau *video call*.

Seberapapun kita kesal dan sebal dengan belahan jiwa kita, jangan pernah hanya menganggapnya akan selalu ada dan terlena dengan *take it for granted*.

Dekaplah dan syukurilah tiap detik keberadaannya, sebab rasa rindu saja sebetulnya takkan cukup, bila momen kebersamaan sudah berlalu dan mungkin takkan pernah bisa terulang kembali.

Kangen, kerinduan, sungguh sesuatu yang baru akan terasa hanya jika ketidakhadiran tiba. Namun sungguh heran, kadang seperti sengaja hadir untuk menguji kekuatan cinta.

Peliharalah rasa rindu di antara kita berdua menjadi penguat jalinan cinta, bukan sekadar ikat-ikatan di awal perjalanan belaka.

Sebuah memori di Jakarta, medio 2018.

Dengan segenap cinta, Joy.

SUNFLOWER

LIZBETHSUSANTI

Amaya Putri kembali mendapatkan kiriman lukisan dirinya. Kali ini sedang makan mi ramen, dan di bawah lukisan itu lagi-lagi dia menemukan nama pelukisnya, Sunflower. Amaya menemukan catatatan kaki yang sangat panjang dan sangat dalam maknanya.

Aku akan selalu menjadi Sunflower kamu. Sunflower yang akan selalu menatapmu dari kejauhan layaknya Sunflower yang selalu menatap sang Surya dari kejauhan karena, kamu adalah sang Surya itu di kehidupanku. Kau memberikan hararapan dan kehangatan di dalam hati dan atmaku .... Aku rasa cintaku ke kamu yang berawal dari sekadar kekaguman telah mengakar kuat jauh ke dalam relung hatiku layaknya Sunflower yang memiliki akar kuat dan terus melesak semakin dalam untuk menemukan sumber mata air maka begitu pula adanya asaku di dalam cintaku yang akan terus melesak semakin dalam, mencari sumber mata airku sendiri yakni samudera hatimu.

Amaya menatap lukisan buah karya dari pelukis yang bernama Sunflower itu, lalu bergumam, "Siapa Sunflower ini?"

"Dapat kiriman lukisan diri kamu lagi? dan dari Sunflower lagi, ya?" Novita berucap sambil menepuk pundak Amaya, berhasil membuanya terlonjak kaget.

Amaya menoleh ke Novita lalu menganggukkan kepalanya. "Aku ingin menemukan Sunflower, aku penasaran siapa Sunflower ini. Aku rasa dia teman kampus kita tapi jurusan apa aku nggak tahu, karena dia tahu betul aktivitasku dari lukisan-lukisan yang dia kirim untukku. Sudah kelima kalinya aku mendapatkan lukisan diriku dari Sunflower. Yang pertama aku dilukis saat aku sedang membaca buku di bawah pohon beringin yang ada di kampus kita dengan catatan kaki, *kamu manis dengan wajah serius*. Kedua aku dilukis ketika aku tengah berlari mengejar kertas tesisku yang terbang terbawa angin dengan catatan kaki, *andai kau mengejar cintaku*. Ketiga aku dilukis tepat di saat aku termenung di bangku taman kampus saat aku habis bertengkar hebat dengan Rio dan catatan kakinya, *aku nggak suka melihat awan mendung di wajah ayu kamu*. Keempat aku dilukis di dalam bus dengan catatan kaki, *andai aku menjadi sang angin yang bisa menyentuh wajah cantikumu*. Dan yang kelima adalah lukisan ini, aku sedang makan mi ramen dengan catatan kaki yang sangat panjang dan sangat dalam maknanya."

"Amaya Putri alias Yaya yang manis, sahabatku tersayang, apa kamu serius ingin mencari Sunflower? Dari film-film yang pernah aku tonton, seorang *secret admirer* itu biasanya orangnya *introvert*. Dia tidak ingin diketahui keberadaannya dan bisa jadi dia orang yang berbahaya. Jadi saranku, jangan mencarinya!" Novita menatapnya tajam.

Amaya menghela napas panjang. "Kamu terlalu banyak menonton film, nggak baik untuk kesehatan mata dan jiwa kamu, bikin kamu jadi *halu* nggak jelas kayak gini, kan?"

"Lho, justru film itu bagus untuk kita. Lewat film kita bisa belajar banyak hal. Pokoknya aku sarankan jangan mencari Sunflower!" ucap Novita dengan sorot mata serius menatapnya.

Amaya melengkungkan tubuh. "Tapi aku penasaran. Aku rasa dari catatan kaki yang dia tulis ini, dia nggak akan menyakitiku jika nanti aku berhasil menemukannya, karena dia mencintaiku," katanya.

"Lalu apa yang akan kamu lakukan kalau kamu berhasil menemukan Sunflower iu, Yaya? bukankah kamu sudah punya Rio? Kamu nggak bilang soal Sunflower ini ke Rio?"

Amaya menggelengkan kepala. "Kamu tahu sendiri kalau Rio itu cemburuan, suka posesif nggak jelas, dan cepat naik darah," ucap Amaya disertai helaan napas panjang.

"Iya dan Rio selalu memanfaatkanmu dalam hal keuangan. Kenapa nggak kamu putuskan saja si Rio itu dan kamu cari cowok yang lebih tulus sama kamu, dan bukannya Sunflower juga, karena dia nggak nyata dan kamu belum pernah bertemu dengan Sunflower."

"Karena, aku mencintainya. Rio itu cowok idamanku. Gagah, tampan, tinggi, putih, dan dia pemain basket," ucap Amaya polos.

"Itu bukan cinta. Aku rasa hanya kekaguman secara fisik," ucap Novita.

"Entahlah. Yang pasti aku sudah terbiasa dengan Rio dan aku tidak ingin putus dengannya."

Setelah Novita pergi ke kampus untuk kuliah, Amaya masih terus menatap layar laptopnya.

Sunflower selalu mengirimkan lukisannya ke *email* disertai catatan kaki yang mampu menyentuh hati Amaya dengan kehangatan. Dia mencubit dagu sambil terus berpikir siapa kira-kira Sunflower ini.

Dia tahu alamat email-ku, dia tahu aktivitasku, dan dia tahu kalau bunga kesukaanku adalah bunga Matahari oleh karena itu dia pun menamakan dirinya Sunflower, pikir Amaya sambil mencubit dagu. Alisnya bertaut.

Hanya Rio, Novita, dan Bram yang tahu benar tentangku selain mama dan papa. Lalu siapa kamu?

Tanpa sadar Amaya mengetik isi pikirannya dan memencet tombol '*Send*'. Alhasil ketikannya Amaya itu meluncur mulus terkirim ke *email* Sunflower.

"Oh astaga!" Amaya memekik kaget saat ia menyadari bahwa secara tidak sengaja dia menulis pesan ke *email*-nya Sunflower. Jantung Amaya berdegup kencang.

Dia menatap tajam layar laptopnya sambil menggigit bibir bawah, ia berharap-harap cemas menanti balasan email dari Sunflower.

Aku Sunflower kamu. Itulah kenapa aku bisa tahu semua tentang kamu.

Balasan dari Sunflower masuk dan langsung terbaca oleh Amaya.

Aku ingin kita bertemu, aku ingin bertatap muka denganmu. Apa kamu berkenan menemuiku?

Amaya memberanikan untuk membuka percakapan dengan Sunflower via *email,* hal yang belum pernah dia lakukan sebelumnya.

Aku pun sangat ingin menemui kamu Amaya Putri, tetapi aku takut jika kehadiranku akan membuat hubungan kamu dengan Rio Putra kekasihmu jadi rusak, karena kemunculanku hanya untuk memilikimu seutuhnya secara nyata. Selama kamu masih bersama dengan Rio Putra maka selama itu pula aku akan tetap bersembunyi dan mencintaimu dari jauh layaknya Sunflower, balas Sunflower.

Amaya meraup wajahnya dengan kesal lalu menutup *email* dan dengan kasar menutup laptop.

Dia bangkit dan berjalan ke ranjang untuk merebahkan tubuhnya yang lelah. Sambil menatap langit-langit kamar, dia kembali bergumam, "Bisa gila aku kalau kayak *gini* terus. Dia bahkan tahu kalau aku sudah memiliki pacar dan dia tahu nama pacarku Rio Putra. Sepertinya aku memang harus mencari dan menemukanmu, Sunflower."

***

Di sebuah perusahaan besar, seorang CEO yang tampan, gagah, dan diidolakan oleh semua wanita tengah melukis di dalam ruang kerjanya. Dia melukis sebuah foto kiriman dari orang suruhannya yang dia bayar untuk mengikuti Amaya Putri ke manapun gadis itu pergi dan mengirimkan foto-foto itu kepadanya. Sang asisten pribadi dari CEO tersebut tergelitik untuk bertanya, "Siapa gadis cantik yang Anda lukis itu, Bos?"

Arjuna Barnett—*nama CEO tersebut*—berkata sambil terus melukis, "Dia cinta pertama dan untuk selamanya bagiku. Dia teman masa kecilku, waktu aku masih duduk di bangku kelas satu Sekolah Dasar. Gadis ini pemberani, cantik, dan baik hati. Dia menolongku saat aku di-*bully*. Dia juga yang mengatakan ke aku kalau jadi cowok itu harus berani dan harus melindungi cewek bukan malah sebaliknya. Lalu dia membagi roti bolunya ke aku, karena bekalku telah diambil oleh anak-anak nakal yang mem-*bully*-ku kala itu"

"Lalu?' tanya sang asisten pribadi.

"Lalu kami berteman dekat sampai di bangku kelas tiga Sekolah Dasar. Kami kemudian terpaksa berpisah karena aku harus mengikuti papa ke Amerika. Aku sangat sedih kala itu karena harus berpisah dengannya tanpa sempat berpamitan. Aku selalu merindukan Amaya Putri." sahut Arjuna Barnett tanpa melepaskan pandangannya dari buku sketsa gambarnya.

"Bagaimana Anda bisa bertemu kembali dengannya?" tanya sang asisten pribadi.

"Kamu ingat dua bulan yang lalu aku menjadi pembicara dan dosen pengganti di kampus Pelita Harapan? nah, di sanalah aku bertemu kembali dengan Amaya Putri. Aku langsung mengenalinya karena, Amaya Putri tidak banyak berubah tapi, dia tidak mengenaliku karena, aku telah banyak berubah. Dulu aku ini anak kecil yang pendek dan gendut banget, hehehehe."

"Oh! tapi kenapa Anda tidak mulai mengencaninya?" tanya Dion tanpa henti.

"Dia telah memiliki kekasih," sahut Arjuna Barnett dengan lirih. "Itulah kenapa aku menyatakan rasa cintaku ke dia dengan nama Sunflower lewat media lukisan yang aku kirim ke *email*-nya Amaya Putri karena, aku tidak ingin muncul dan merusak hubungan Amaya dengan pacarnya"

"Hah? Lalu Anda menyerah begitu saja Bos? Anda tidak berniat memperjuangkan cinta masa kecil anda? Padahal Anda tadi mengaku kalau Anda sangat merindukannya selama berpuluh tahun?"

"Aku sedang berjuang saat ini" sahut Arjuna Barnett dengan senyum santainya.

"Lalu apa yang akan Anda lakukan kalau nona Amaya Putri tidak akan pernah putus dengan pacarnya?" tanya Dion.

"Aku yakin dia akan putus dengan pacarnya cepat atau lambat karena, pacarnya bukanlah pribadi yang baik. Aku sudah menyelidiki siapa itu Rio pacarnya Amaya. Rio seorang penjudi dan benalu bagi Amaya. Aku hanya bisa membantu Amaya dengan cara menggiringnya ke kenyataan yang ada biar dia tahu siapa itu Rio yang sebenarnya. Selanjutnya Amaya yang akan mengambil keputusan dan dari sifatnya Amaya, aku yakin jka dia tahu siapa Rio yang sebenarnya, Amaya akan meninggalkan Rio," kata Arjuna Barnett.

Dion hanya mampu mengangguk-anggukkan kepalanya mengagumi kecerdasannya tuan besarnya, Arjuna Barnett. Tidaklah heran jika tuan Arjuna Barnett sudah menjadi konglomerat muda karena dia memang sangat cerdas, mampu menganalisa musuhnya dengan tepat dan selalu berhati-hati di dalam bertindak, batin Dion.

Minggu berganti bulan. Amaya Putri dan Arjuna Barnett menjadi dekat di dunia maya, karena mereka saling merasa cocok mengobrol lewat *email*.

Walaupun Amaya belum berhasil menemukan siapa itu Sunflower nama samaran Arjuna Barnett, tapi tidaklah penting lagi bagi Amaya. Hal terpenting bagi Amaya yang sekarang, dia merasa nyaman mengobrol via *email* dengan Sunflower karena Sunflower begitu memahaminya. Sunflower selalu menyemangatinya lewat nasihat yang begitu berkesan dan berarti bagi Amaya. Selain lukisan-lukisan dirinya, buah karyanya Sunflower yang dia terima, selalu berhasil membuat hati Amaya tersentuh dan rasa kagum Amaya Putri ke Sunflower akhirnya berubah menjadi rasa cinta yang masih ambigu bagi Amaya Putri.

Amaya akhirnya menghentikan pencariannya atas Sunflower karena Sunflower mengatakan di emailnya, Jika kau mencariku terus di saat kamu masih memiliki kekasih di dunia nyata, maka aku akan menghilang dari dunia maya kamu.

Amaya tidak menginginkan hal itu terjadi. Amaya ingin Sunflower terus ada untuk menjadi sandarannya di saat dia rapuh, walaupun Sunflower hanya ada di dunia maya.

Hari yang ditunggu oleh Arjuna Barnett pun tiba. *Email* dari Amaya Putri masuk. *Email* itu memberitahu Arjuna Barnett.

Aku sedih. Aku telah putus dengan pacarku, tapi sekaligus bahagia karena akhirnya aku tahu siapa sejatinya Rio Putra itu di balik topeng manisnya selama ini.

Arjuna Barnett membaca *email* itu dengan senyum penuh kebahagiaan. Lalu dia bersandar di kursinya. Sambil melipat tangan dia menatap layar laptopnya. Arjuna kemudian mengetikkan kata, *Apa kamu masih ingin bertemu denganku? Kamu bisa curhat secara langsung ke aku jika kita bertatap muka. Apa kamu tertarik?*

Amaya membulatkan kedua bola matanya saat dia membaca *email* dari Sunflower itu. Lalu dengan senyum yang merekah manis dan penuh semangat dia membalas *email* tersebut. *Tentu saja aku masih ingin bertemu denganmu, tapi bukankah kamu pernah bilang jika aku mencarimu maka kamu akan menghilang untuk selamanya? Aku tak ingin hal itu terjadi. Aku tak ingin kamu menghilang dari hidupku.*

Arjuna Barnett tersenyum dengan perasaan cinta yang membuncah di dalam hatinya. Dia mengetikkan balasan email untuk Amaya. Aku yang akan mencarimu. Tunggu tiga puluh menit lagi akan ada sebuah mobil sedan mewah berwarna merah dengan supir yang bernama Dion akan menjemputmu. Dion akan mengantar kamu ke aku.

Amaya melompat kegirangan lalu dia segera bersiap dan menunggu mobil yang disebutkan Sunflower di teras depan rumah indekosnya. Selang satu jam kemudian, Amaya telah sampai di sebuah istana.

Dion tersenyum lalu berkata, "Masuklah, Nona! Tuan sudah menunggu Anda di dalam"

Amaya menoleh ke Dion, "Anda tidak menemani saya masuk?"

Dion menggelengkan kepalanya dan tersenyum, "Tuan menginginkan Anda masuk sendirian, Nona. Jangan takut! Tuan adalah orang yang sangat baik dan Tuan tidak akan menyakiti Anda karena beliau sangat mencintai Anda."

Amaya tersenyum ke Dion dan mulai melangkah masuk ke dalam istana itu. Amaya kembali ternganga saat dia disambut sebuah lukisan masa kecilnya dengan seorang anak gendut dan pendek. Di lukisan itu digambarkan dia tengah memberikan separuh kue bolu ke anak laki-laki yang gendut itu. Amaya kemudian meneruskan langkahnya dan dia menemukan kembali sebuah lukisan dirinya bermain petak umpet dengan anak laki-laki gendut itu.

Langkahnya terus melaju dan kembali disambut sebuah lukisan dirinya tengah belajar bersama dengan anak laki-laki gendut itu. Di lukisan ketiga itu akhirnya langkahnya terhenti di depan seorang laki-laki yang berdiri di samping lukisan itu. Laki-laki yang sangat gagah, bertubuh tegap atletis, tinggi menjulang, berkulit putih, berambut lurus hitam, berhidung mancung, berwajah tirus, hangat, dan sangat tampan. Amaya menatap tajam sosok laki-laki itu dengan bergumam,

"Apakah kamu seorang malaikat? Kenapa kamu nampak begitu sempurna?"

Arjuna Barnett tersenyum penuh cinta ke Amaya, lalu berkata, "Aku bukan malaikat tapi aku Sunflower kamu. Aku menjadi sempurna karena dibentuk oleh kerinduan dan rasa cinta yang dalam yang tumbuh begitu indah di hatiku selama ini. Kerinduan dan rasa cinta itu hanya untukmu, Amaya Putri"

"Apa kamu Arjuna Barnett, sahabat di masa kecilku?"

Arjuna menganggukkan kepala dan tersenyum ke Amaya lalu berkata, "Iya, benar. Dan kau tahu Amaya Putri, rasa cinta yang aku rasakan selama ini begitu menyesakkan dadaku, tapi justru rasa rindu untukmu yang membuatku menjadi sekarat."

Amaya segera memeluk Arjuna dan memekik bahagia, "Aku juga sangat merindukanmu. Kau tahu, aku terus menangis saat kamu pergi tanpa pamit dan menghilang selama bertahun-tahun tanpa kabar. Aku sangat merindukanmu."

Amaya menatap tajam ke Ajuna Barnett lalu kembali berkata, "Aku mencintaimu, Sunflower."

Arjuna mengecup keningnya Amaya dan berkata, "Aku berasa seperti Sunflower di dalam sebuah botol yang terapung-apung di tengah lautan selama ini. Begitu tersiksa, terkungkung pasrah menahan kerinduanku padamu selama ini. Terima kasih, akhirnya kau bersedia untuk masuk ke dalam air, memungut botol itu, membuka dan mengambil Sunflower itu. Terima kasih, kehadiranmu telah membebaskan aku dari kerinduan yang sungguh-sungguh menyiksa dan membuatku tak berdaya. Aku bahkan hampir menyerah pasrah karena terus terbawa arus tanpa arah."

Arjuna berkata sembari mengusap lembut pipinya Amaya. Amaya terus tersenyum dengan genangan air mata di kedua pelupuk matanya. Arjuna kemudian bertanya, "*Will you marry me?*"

Amaya menganggukkan kepala dan mereka kemudian berciuman dengan lembut, intens dan penuh perasaan untuk melepas kerinduan yang mereka kungkung selama puluhan tahun di dalam sanubari mereka masing-masing. Ciuman itu juga memuaskan dahaga akan cinta mereka berdua. Rasa cinta memang menyiksa. Namun kerinduan yang akan membuat kita menjadi sekarat. Dan kini sejoli itu telah bisa bernapas lega karena kerinduan dan cinta mereka telah menemukan sumber kehidupannya.

Cinta yang Kurindukan

Genik Amarta

Beratapkan langit senja, Alex duduk termenung di bangku taman rumahnya. Rumpun bunga bermekaran di sisi kanan dan kirinya seolah tak mampu mengindahkan pandangan matanya. Tatapan matanya kosong, berkelana, entah ke mana.

Embusan angin yang dingin mencoba mengusiknya. Namun siapa sangka, pria berparas tampan itu tetap saja bergeming. Sang surya menatapnya sendu saat hendak menenggelamkan bias-bias sinarnya.

"Sayang, hari sudah mulai gelap. Mari kita masuk." Bu Tina menyentuh lembut putra semata wayangnya.

"Eh, Mah ... sejak kapan Mamah di sini?" tanya Alex. "Maaf, Alex tidak tahu."

"Tak apa, Nak. Lagi pula Mamah baru saja datang, kok," terang Bu Tina.

"Kalau begitu, mari kita masuk," ajak Alex sembari mengggandeng tangan Bu Tina.

Mereka berjalan santai meninggalkan taman di halaman depan rumah megah itu. Sembari melangkah, sesekali Bu Tina mencuri pandang, menelisik kegelisahan yang tersimpan di balik sorot mata putra tunggalnya itu.

Tak bisa dipungkiri jika kisah cinta putranya begitu berkesan, indah namun pilu. Bagaimana tidak, Caca—*kekasih Alex*—telah meninggalkannya setelah berjuang keras melawan penyakitnya. Gadis itu bahkan mendonorkan matanya untuk Meli Cyntia—sepupunya yang kehilangan penglihatannya karena sebuah kecelakaan.

Namun siapa sangka, Meli yang menerima donor mata itu justru berjodoh dengan Alex. Bukan karena melihat cinta Caca pada mata Meli, tapi pria berbadan tegap itu memang benar-benar jatuh cinta kepadanya. Pun dengan Meli.

Kesedihan dan kehilangan, harus kembali ia rasakan. Meli bersama cintanya telah kembali ke sisi-Nya saat berjuang melahirkan buah cintanya bersama Alex. Tentu saja itu tak mudah baginya untuk menjalani harihari berikutnya. Bahkan kini sudah tiga tahun berlalu sejak sepeninggal istrinya, pria tampan itu masih belum bisa membuka hatinya untuk wanita lain.

Sejak kemarin, Bu Tina menangkap sikap dan perilaku aneh putranya. Alex Saputra menjadi lebih pendiam dan terlihat murung. Meski ia tak pernah mengungkap kegelisahannya, namun seorang ibu tetap saja mampu mengetahuinya, walau hanya melalui sorot matanya.

Namun begitu, Bu Tina tak serta merta berniat menginterogasi putranya dengan rentetan pertanyaan yang sudah terkumpul di benaknya sejak kemarin. Wanita paruh baya itu memutuskan untuk memberi waktu pada Alex untuk mengatasi kegundahannya sendiri.

"Papi ... Caca mau *inum* itu." Seorang gadis kecil berambut ikal menunjuk cangkir di genggaman Alex.

"Ini kopi, Sayang. Caca masih kecil, minumnya susu aja ya," bujuk Alex.

"Tapi Caca mau *opi* Papi," rengek gadis kecil itu mulai menangis.

"Uluh uluh ... *masa* anak Papi *nangis,* sih. Sini, Sayang." Alex meraih putri kecilnya dan mendudukkannya di pangkuan.

"Coba Caca lihat, kopinya warna hitam, 'kan? Memangnya, anak Papi mau giginya hitam gara-gara minum kopi?" ucap Alex.

"Nggak, Caca nggak mau. Hiii ... *atut*," seloroh Caca kecil.

"Kalau begitu, Caca minum susu saja, ya. Minum susu putih, biar giginya tambah putih. Okey, Sayang?" bujuk Alex.

"Key, Papi," jawab Caca semangat.

Alex memanggil Mbok Jum dan memintanya untuk memberikan putrinya segelas susu sekaligus menidurkannya. Wanita paruh baya itu segera mengambil alih Caca dari gendongan Alex.

"Dadah dulu sama Papi," pinta Mbok Jum.

"*Bye*, Papi ...." Caca tersenyum dan melambaikan tangannya.

"*Bye*, Sayang. Sun dulu dong," pinta Alex seraya mendekatkan pipinya.

Gadis kecil itu mengecup kedua sisi pipi dan kening Papinya dengan penuh kasih sayang. Tak lupa, hal yang sama Alex lakukan untuk putrinya.

Setelah memastikan putri semata wayangnya sudah mulai bersiap untuk tidur, Alex beranjak dari duduknya dengan menenteng secangkir kopi yang masih tersisa tiga perempat. Ia berjalan gontai menuju ruang kerja yang bersebelahan dengan kamarnya.

Pria itu meletakkan cangkir kopinya di atas meja lalu menempatkan bobotnya di kursi hitam berbahan kulit dengan desain elegan. Ia menangkupkan kedua tangannya untuk menopang dagu panjangnya.

Sebuah album foto bersampul merah maroon yang tergelatak di atas meja, seakan mengalihkan perhatiannya. Ia meraihnya dan mulai membuka lembar pertama kumpulan kenangan tersebut.

Dipandanginya sosok wanita cantik yang tersenyum manis pada album tersebut. Tangannya mengusap lembut gambar paras ayu yang tersusun rapi dengan beberapa foto lainnya.

Tak terasa, bulir bening yang susah payah ia tahan sedari tadi, kini lolos begitu saja. Dadanya terasa sesak dan perih seperti tersayat sembilu tajam yang membuka kembali luka yang pernah ada.

Ia mulai mengatur napas dan menghapus sisa-sisa air mata yang membasahi wajahnya, kala terdengar beberapa kali suara ketukan pintu.

"Masuk!" serunya.

Setelah mendapat izin dari sang pemilik ruangan tersebut, Bu Tina bergegas masuk dan menghampiri Alex yang terlihat salah tingkah dengan kehadirannya. Melihat reaksi janggal putranya, rasa penasaran wanita paruh baya itu kian membuncah.

"Mamah ... ada apa, Mah? Silakan duduk," ucap Alex gelagapan.

"Kamu yang ada apa. Kamu menangis?" tanya Bu Tina khawatir.

"Ti-tidak, Mah. Ini karena iritasi aja, Mah. Makanya sedikit merah," elak Alex.

"Apa kamu lupa, kalau kamu tak pandai berbohong?" desak Bu Tina.

Alex mulai tersudut dan menarik napasnya panjang. "Maaf, Mah."

"Ada apa, Sayang?" tanya Bu Tina lembut.

"Rindu."

"Alex hanya rindu, Mah," imbuh Alex.

Bu Tina meraih album foto yang tergeletak di hadapan putranya dan masih dalam keadaan terbuka. Ia tersenyum sembari mengusap sosok wanita cantik yang ada pada klise tersebut.

"Mamah juga. Sangat rindu," ucapnya kemudian.

"Mah ... mengapa setiap wanita yang Alex cintai, pergi begitu saja? Apa salah Alex sehingga Tuhan memberi cobaan sebesar ini?" keluh Alex.

"Mereka tidak pergi begitu saja, Nak. Mereka pergi dengan membawa cinta yang telah mereka perjuangkan untukmu," ucap Bu Tina membenamkan wajah putranya ke dalam pelukannya.

"Tuhan begitu baik, Nak. Tuhan menjaga cintamu bersama-Nya," imbuh Bu Tina.

"Tapi, mengapa Tuhan memisahkan kami? Pertama Caca, lalu Meli. Adilkah ini?" timpal Alex berurai air mata.

"Mereka tidak benar-benar pergi, Sayang. Hanya raga mereka saja yang pergi, namun cinta mereka tetap di sini, bersamamu, bersama kita," ucap Bu Tina menenangkan.

"Tuhan memiliki rencana yang begitu sempurna untukmu, Nak," imbuh Bu Tina.

"Maksud Mamah?" Alex mengurai pelukannya.

Bu Tina tersenyum dengan mata berbinar. Beliau meraih bingkai foto di atas meja dan mengusapnya lembut.

"Lihatlah matanya, lihatlah senyum gadis kecil ini. Bukankah kau bisa melihat Caca pada matanya, lalu senyum itu ... bukankah itu senyum Meli yang sangat kau rindukan?" titah Bu Tina.

"Bukankah Tuhan sangat baik? Lalu, nikmat manakah yang kau dustakan?" imbuh Bu Tina.

"Astagfirullahaladzim ...." Alex mengusap wajahnya. "Mamah benar, terlalu egois jika Alex terus saja mempertanyakan keadilan akan rencana Tuhan," sesalnya.

"Syukurlah jika kamu sudah mulai menyadarinya. Tersenyumlah, berbahagialah, karena Caca Cyntia Saputra ada bersama kita," ucap Bu Tina tersenyum.

"Tentu, Mah. Aku harus bisa membahagiakan Mamah dan juga putri kecilku. Terima kasih, Mah," pungkas Alex memeluk erat mamahnya.

SEUTAS RINDU

PUJAS_ERHA

Warna biru membentang luas sepanjang mata memandang. Suara alunan deburan ombak terasa lembut menyapa gendang telinga para pengunjung. Mentari yang merangkak kembali dalam peraduannya tampak indah memesona.

Sepasang bola mata hitam milik Naylin tak bisa melepaskan pandangannya pada bola raksasa yang berwarna jingga keemasan.

Malam kembali datang, memberikan waktu untuk jiwa yang lelah mengistirahatkan raganya.

"Apa kau sudah selesai?" ucap Alan yang merasakan kedinginan. Sudah setengah jam sejak matahari tenggelam dan Naylin seperti belum ada tandatanda hendak beranjak dari tempatnya.

Kedua sudut bibir Naylin terkembang, sebuah senyuman manis terukir saat matanya beradu pandang dengan Alan.

Ada kesenangan tersendiri saat menatap mentari yang perlahan kian tenggelam ke dalam lautan luas, hingga akhirnya kegelapan menyelimuti sekelilingnya.

Waktu yang spesial, ditemani seseorang yang spesial pula. Terasa lengkap sudah kebahagiaan Naylin kali ini.

Persahabatan, mungkin itu kata yang pantas untuk menggambarkan kedekatan kami. Meski begitu, aku selalu menangkap sesuatu yang lain di matanya. Sesuatu yang mengubah perasaanku seiring berjalannya waktu.

"Nay," panggil Alan lirih, "ayo pulang, Sudah malam."

Naylin menggeleng lemah.

"Sebentar lagi," pinta Naylin.

"Ini bahkan sudah satu jam lebih sejak kau mengatakan sebentar."

Naylin mengerucutkan bibirnya, dirinya merasa enggan untuk meninggalkan tempat itu. Hanya di sinilah ia merasa tenang, tempat yang nyaman untuk melepas kepenatan setelah satu minggu penuh bekerja.

"Setengah jam lagi, ya?" ujar Naylin memasang wajah memelas.

"Sepuluh menit."

"Lima belas menit?" tawar Naylin tak mau kalah.

"Lima menit," tegas Alan bersiap meninggalkan Naylin.

"Baiklah. Baiklah," tandas Naylin cepat menarik Alan duduk kembali.

Alan tertawa keras melihat reaksi Naylin yang terlihat semakin menarik saat ketakutan.

"Apa kau tak bisa jauh-jauh dariku?" goda Alan sembari duduk kembali.

Naylin mendadak menghempas tangan Alan.

"Tidak. Aku hanya takut jika kakiku akan lecet jika harus pulang ke rumah jalan kaki," sanggah Naylin sedikit salah tingkah.

"Mengaku sajalah.Tak perlu malu," ucap Alan santai yang semakin membuat rona di pipi Naylin kian memerah.

"Tenang saja. Aku tak akan pergi jauh darimu," imbuhnya mengacak pucuk rambut Naylin.

"Kau membuat rambutku berantakan." Kesal Naylin menepes tangan Alan menjauh darinya.

"Kenapa apa kau takut berubah menjadi jelek?"

Naylin mencubit perut Alan, membuat laki-laki itu seketika berhenti menggodanya dan mengaduh kesakitan.

"Berhentilah menggodaku."

"Iya, tapi tolong hentikan."

Naylin menghentikan pergerakan tangannya, merapikan kembali anak rambutnya.

"Tapi aku tidak bisa berjanji, karena bagiku kau wanita tercantik yang pernah kutemui."

Alan menyelesaikan kalimatnya, lalu tergesa berlari. Menjauh dari Naylin yang siap mencubitinya kembali.

"Alan, tunggu." Seru Naylin mengejar langkah kaki Alan. Hanya beberapa meter saja, napasnya sudah tersengal. Berlari di hamparan pasir membuat tenaganya cepat terkuras habis.

"Apa kau menyerah, hm?" Alan menghentikan larinya, kemudian menyusul Naylin yang tertinggal tak jauh darinya.

Naylin berusaha menetralkan detak jantungnya yang berdetak dua kali cepat dari biasanya.

"Apa perlu aku menggendongmu?" tanya Alan mengulurkan tangannya.

Naylin menggeleng lemah, ia merasa masih sanggup untuk berjalan.

"Kita jalan pelan-pelan saja, ya."

Naylin menyambut uluran tangan Alan. Mereka berdua berjalan berdampingan menyusuri pasir putih.

Hati Alan berdesir pelan saat merasakan kelembutan telapak tangan yang berada dalam gengamannya. Alan menghela napas, harus diakui jika rasa cinta itu memang telah tumbuh dalam hatinya.

Bersikap selayaknya memiliki perasaan namun pada dasarnya hanya berteman.

Naylin memalingkan wajahnya saat sepasang bola mata menatapnya intens. Hanya ada keheningan di antara keduanya. Naylin berusha menenangkan gejolak batinnya dan Alan sibuk merangkai kata untuk menjelaskan perasaannya yang sesungguhnya.

Alan tersenyum canggung. Kalimat yang semalam ia hafalkan susah payah dalam benaknya kini telah tercerai berai.

Alan berusaha meneguhkan diri. Entah apapun yang terjadi, ia harus mengungkapnya. Ia tak ingin terjebak dalam dilema terlalu lama. Sudah cukup tiga tahun lamanya ia memendam perasaannya, dan itu bukanlah hal yang mengenakkan.

"Nay," panggil Alan lirih namun masih bisa didengar oleh Naylin.

"Ya?"

Alan menelan ludah, ada keraguan dalam hatinya.

"Aku ..." Alan menggantung kalimatnya. Ia merutuki dirinya yang mungkin tampak seperti orang idiot.

"Aku apa?"

"Aku ingin kita ke selatan."

Dahi Naylin berkerut tipis, ia masih ingat jika mobil Alan diparkir di sebelah utara. Dan mereka telah separuh perjalanan.

"Kenapa?" Tanya Naylin bingung.

"Karena perasaanku padamu tak bisa kuutarakan."

Kedua pipi tirus Naylin seketika memerah. Padahal ia sudah serius mendengarkan, ternyata hanyalah sebuah rayuan.

Alan berdiri tepat di depan Naylin, menghentikan langkah gadis itu dnegan tiba-tiba. Diangkat dagu Naylin agar wajahnya sejajar dengan dirinya. Hembusan napas panjang meluncur dari mulut Alan.

"Apakah aku boleh jujur padamu?"

Naylin semakin tak mengerti arah pembicaraan Alan. Kerutan di dahinya semakin tercetak jelas. Entah setan apa yang merasuki Alan hingga membuat laki-laki yang ia kenal baik suka ceplas ceplos kini mendadak berubah seperti orang gagu.

"Tentu saja."

"Aku tahu kita sudah bersahabat sejak lama. Tapi aku tak bisa memungkiri jika aku telah jatuh cinta padamu. Entah sejak kapan rasa itu hadir, yang jelas aku nyaman berada di dekatmu."

Bibir Naylin terbuka beberapa senti, bola mata hitam pekat itu mengerjap-ngerjap mencerna kalimat indah yang baru saja merasuk dalam indra pendengarannya.

Alan menganggguk tegas yang seketika membuat jiwa Naylin melayang terbang ke angkasa.

Aku mencintaimu dalam diam namun kau diam-diam mencintaiku? Lelucon macam apakah ini?. Setelah setahun lamanya aku mati-matian agar membunuh rasa yang ada, tetapi dia kini malah mempertanyakan rasa itu kembali?

Alan menatap wajah cantik Nayling serius. Jika kata-kata tak mampu lagi melukiskan kesungguhannya, maka biarkanlah matanya yang berbicara.

Naylin sekuat tenaga menarik kesadarannya kembali. Ia dapat melihat kesungguhan di mata bundar Alan.

Mata itu mengisyaratkan hati yang tulus, bukan hanya sekadar modus.

Naylin menganggguk. Ia menunduk dalam untuk menyembunyikan rona merah yang mungkin telah menggelayuti pipinya.

"Apa kau memiliki rasa yang sama denganku?" ulang Alan tak percaya.

"Ya."

Alan menarik tubuh Naylin ke dalam pelukannya. Euforia bahagia menguar tajam.

"Maafkan aku yang terlalu pengecut. Andai saja aku mengatakannya sedari awal, mungkin kita sudah menikah sekarang," sesal Alan.

"Aku harap kita tidak hanya menciptakan sebuah momen, namun juga bisa memegang komitmen," bisik Naylin lembut.

Air mata Naylin tak mampu dibendung lagi. Cinta itu kini sudah terbalaskan. Ia masih ingat betapa menyakitkan menjalin cinta sendirian. Memendam rindu yang tak kunjung tersampaikan sungguh sangat meresahkan.

"Aku memang miskin harta, tapi aku tulus dalam mencinta. Aku mungkin kalah rupa, tapi aku pasti menang masalah setia."

Naylin tersenyum lebar memamerkan deretan gigi putihnya.

Ia tidak mempermasalahkan pekerjaan maupun jabatan Alan. Baginya, memilih pasangan itu tentang isi kepala, bukan soal gaya. Lagi pula kenyamanan itu berasal dari hati, bukan materi.

"Aku percaya padamu. Tolong jangan kecewakan aku," pinta Naylin sungguh-sungguh.

Alan merogoh saku kantong celana jeansnya, kemudian mengeluarkan sebuah cincin emas.

"Aku akan menyelesaikan studiku secepatnya. Tunggulah aku, aku berjanji satu tahun dari sekarang, akan melamarmu nanti." Alan menyematkan di jari manis Naylin.

Naylin tersenyum pahit. Semua cerita indah itu telah berlalu, meninggalkan janji yang hanya semu.

***

Bulan Mei ini, genap sudah Naylin menjalin LDR selama satu tahun dengan Alan. Setelah enam bulan hilang kontak, Alan seolah raib ditelan bumi. Tak ada lagi kabar darinya, membuat Naylin cemas dalam penantiannya.

Hingga kabar duka itu akhirnya datang, dua minggu yang lalu.

Tanpa sebab Alan mengirimnya pesan chat yang mengatakan jika dirinya tak ingin lagi melanjutkan hubungan dengan Naylin.

Naylin seketika syok. Hatinya menjadi hancur tak berbentuk. Menyisakan luka mendalam untuk Naylin.

"Nay?"

Naylin melambaikan tangannya, mengisyaratkan jika dirinya tak ingin diganggu.

Vivian menghela napas, ia turut prihatin dengan keadaan Naylin yang semakin memburuk.

"Bagaimana kabarmu hari ini?" Tanya Vivian mengabaikan permintaan Naylin yang menyuruhnya pergi. Ia meletakan sekeranjang buah di atas nakas samping tempat tidurnya.

"Tidak ada yang spesial. Masih membosankan seperti hari lalu. Masih tentang rinduku yang tak kunjung bertemu."

Naylin terisak pelan. Rasa sakitnya kembali basah mengingat kenangan satu tahun silam, saat Alan menyatakan cintanya dan berniat ingin menikahinya.

"Apa salahku, Vi?" Naylin menangis tersedu. Omong kosong dengan mengikhlaskan. Air matanya masih saja luruh mengingat perpisahannya yang tragis.

Rasa sakit di hati itu membuatnya hingga hilang kendali dan bunuh diri dengan memotong urat nadinya sendiri.

Beruntung Vivian segera membawanya ke rumah sakit. Tuhan seolah belum mengizinkannya untuk menjadi penghuni alam baka. Setelah beberapa hari terbaring di rumah sakit. Ia akhirnya kembali pulih.

Vivian melangkah pelan mendekati Naylin yang berdiri di dekat balkon. Mengamati jalanan lalu lalang di bawah sana sembari meratapi nasibnya.

"Nay. Makan dulu, yuk," ajak Vivian memegang lembut bahu Naylin, sahabatnya sejak mereka masih taman kanak-kanak.

"Aku sudah kenyang, Vi."

"Kau bahkan menyentuh makanan apa pun sejak pagi."

"Aku telah kenyang menelan janji manis."

Vivian menggigit bibirnya. Ia tak tega melihat Naylin yang tampak seperti mayat hidup. Namun, dia juga sudah berjanji untuk tidak membuka rahasia terbesar Alan yang memilih untuk memutuskan Naylin sebelah pihak.

"Ayolah, Nay."

"Untuk apa lagi aku hidup? Aku telah kehilangan semuanya "

"Kau masih punya aku Nay. Aku tidak akan meninggalkanmu. Kita pasti bisa melewati ini semua bersama-sama "

"Hatiku sakit, Vi. Apa kau tahu itu?"

"Aku tahu, Nay. Tidah mudah untuk kembali bangkit setelah kita patah. Namun, percayalah suatu saat waktu pasti akan menjadi obat mujarab untuk menyembuhkan."

"Nyatanya mengikhlaskan tak semudah mengucapkan, Vi."

Vivian memnganggguk paham, ia memeluk Naylin erat untuk membesarkan hatinya.

"Saat seseorang untuk memilih untuk melepaskan. Pasti dia memiliki alasan baiknya tersendiri. Relakan saja dia pergi, kau bisa mudah 'tuk melupakan."

"Alasan baik yang seperti apa? Bahkan jika aku telah melakukan kesalahan, tidak sepatutnya ia begitu saja meninggalkan."

Wajah Vivian berubah menjadi sendu. Bagaimana lagi cara menjelaskan pada Naylin. Ia tidak ingin sahabatnya semakin dirundung kesedihan.

"Aku tak sanggup, Vi. Ini terlalu menyakitkan. Aku lebih baik mati saja." Naylin berjalan menuju pembatas balkon.

"Astaga, Nay. Jangan gegabah."

Naylin meraung marah saat Vivian memegangi lengannya. "Lepaskan aku. Aku tak ingin hidup lagi." Naylin terisak, beban di pundaknya terasa berat hingga dia tak mempu menopang tubuhnya lagi. Ia pun jatuh merosot ke atas lantai.

"Apa kau ingin bertemu Alan?" Tanya Vivian tepat di telinga Naylin.

Naylin mendongakkan kepalanya. Selama satu tahun terakhir ia memendam rindu. Rindu yang menyesakan tanpa pernah ada titik temu. Tentu saja dia mau.

"Kau tahu di mana Alan?"

Vivian menganggguk tak yakin. Ia berharap keputusan yang diambilnya adalah benar.

"Kenapa kau tak memberi tahuku?"

Wajah Vivian berubah menegang. Sebenarnya ia sudah tahu sejak lama mengetahuinya namun Alan mencegahnya untuk memberitahu Naylin.

"Sejak kapan kau mengetahuinya?" cecar Naylin dilanda emosi. Amarahnya memuncak merasa dikhianati.

"Jawab, Vi!" bentak Naylin menjadi tak sabar melihat Vivian masih bungkam.

"Aku bisa menjelaskan semuanya. Tapi sebelum kau menghakimiku, tolong ikut denganku dulu," pinta Vivian mencoba menenangkan Naylin yang tampak frustasi.

"Aku hanya ingin bertemu Alan. Tolong bawa aku bertemu padanya sekarang juga."

Tanpa membuang waktu, Vivian menarik tangan Naylin, membawanya masuk ke dalam mobil miliknya.

***

Lima belas menit berlalu.

"Kau mau membawaku ke mana?" ucap Naylin memecah kebisuan di antara keduanya. Ia merasa asing dengan jalan yang mereka lalui.

"Sebentar lagi kita sampai," jawab Vivian berusaha agar terlihat tenang.

Naylin mengedarkan pandangannya, mengamati pemandangan di sekitarnya. Jalanan sepi, hanya ada satu dua orang yang lewat.

"Apa kau tidak salah membawaku kemari?" Naylin tampak bingung saat Vivian memelankan laju kendaraannya. Apakah mereka akan berhenti di pemakaman? *Untuk apa?*

Vivian mengabaikan pertanyaan dari Naylin. Ia perlahan menepikan mobilnya. Lalu memiinta Naylin agar mengikutinya langkahnya.

Naylin menelan ludah, angin sore berhembus menyergap kulit. Hawa dingin membuat tubuhnya sedikit menggigil.

Mata Vivian dengan seksama meneliti setiap setiap batu nisan.

"Ayo, Nay."

Vivian mengarahkan langkahnya menuju kuburan yang masih berupa tanah dengan bunga mawar yang mulai mengering, menandakan kuburan itu baru saja digali beberapa hari yang lalu.

"Vi?" Bulu kuduk Naylin meremang, kedua bola matanya memanas. Bibirnya terasa kelu membaca nama yang tertera pada batu nisan.

"A ... lan?" Desis Naylin dengan suara serak, buliran air mata meluncur deras dari sudut matanya.

"Alan terkena kanker paru-paru. Kondisinya semakin memburuk sejak setengah tahun terakhir. Untuk itulah ia menghilang darimu."

Air mata Naylin semakin menderas, ia tak menyangka Alan telah tiada.

"Kenapa kau tak memberitahuku, Vi?" Naylin mendekap batu nisan dengan erat. Melampiaskan semua kerinduannya.

"Alan tak ingin kau bersedih jika tahu kondisi yang sebenarnya."

Naylin tak mampu lagi mengeluarkan suaranya. Bibirnya kelu.

"Aku harap kau tak membenci Alan lagi. Dia hanya ingin yang terbaik untukmu. Aku mohon, ikhlaskan dia, Nay. Biarkan dia tenang di sisi-Nya."

Meski berat melepaskan, namun Naylin tak mempunyai pilihan. Ia menyesal telah berprasangka buruk terhadap Alan. Ia sadar, cinta Alan tulus untuknya.

Lembayung di Langit Oxford

Vieneze

Pernah ada yang mencintaiku dengan segenap hati dan jiwanya. Pernah ada yang memperhatikanku dalam setiap waktunya. Pernah ada yang membuatku merasa rindu seakan membelenggu jiwa.

Kisah ini berawal dari pertemuan lima tahun lalu, di bawah langit kota Oxford. Seorang pria yang juga mahasiswa *overseas* sama sepertiku, tak sengaja menabrakku.

"Oh, I'm sorry. I didn't see you early. I'm in hurry right now," pria berambut pirang itu segera berlari.

Tangannya penuh dengan tumpukan buku. Aku hanya menyaksikan punggung pria itu hingga hilang dari pandangan.

Jalanan kota Oxford dipenuhi daun-daun yang berwarna merah dan oranye. Musim gugur hampir berakhir tak terasa sebentar lagi salju akan turun.

Ini tahun keduaku di kota ini. Aku kuliah di salah satu kampus legendaris, Universitas Oxford. Di depan sana Annie sedang menunggu sambil menendang daun yang berserakan di atas tanah. Dia teman sekamarku. Bahkan kami juga mengambil jurusan yang sama.

"You're late. I've been here 30 minutes waiting for you." Annie mengomeli aku yang datang terlambat.

Aku hanya tersenyum saja mendengar ocehannya.

"*I'm sorry*, Annie," balasku.

"Hmm, nanti malam George mengadakan *party* di rumahnya, kau mau ikut?" Tanya Annie.

Aku terdiam sejenak. "Aku tidak bisa. Malam ini aku mau mengerjakan tugas dari Mr. Jhonson. Kau kan tahu, dia itu dosen yang mengerikan."

Annie menghela napas dan memegang pundakku. "Ayolah, sekali-kali kau perlu melepaskan diri dari tugas, nanti kau jadi menyaingi Mr. Jhonson," selorohnya.

Pada akhirnya aku menyetujui permintaan Annie. Rupanya George mengundang banyak teman. Di sini, *party* adalah hal yang lumrah dilakukan kalangan muda maupun tua.

Aku kurang menyukai keramaian. Kulangkahkan kakiku menuju halaman belakang. Di sana ada kursi putih yang menghadap kolam ikan.

Malam ini langit terlihat indah dari bawah sini. Kelap-kelip cahaya bintang menyatu dengan pantulan cahaya rembulan. Aku lebih menikmati pemandangan ini, dibandingkan kehebohan musik keras dari dalam sana.

Tiba-tiba seseorang duduk di sampingku.

"Hei, mengapa kau duduk sendirian di sini? Semua orang menikmati *party*-nya." Ia melirik dan tersenyum.

"Hmm, sebenarnya aku tidak suka keramaian. Lebih menyenangkan di sini," balasku. "Bukankah kau pria yang menabrakku siang tadi kan?" Aku membulatkan mataku.

"Oh, itu kau? Sepertinya ini takdir. Aku Bryan Clifton, dan kau?" pria itu mengulurkan tangannya.

"Aku Agnes Bora. Nice to meet you."

Sejak pertemuan di *party*-nya George, kami semakin akrab. Setiap saat pria pirang itu mengirimi aku pesan. Terkadang ia membawaku berkeliling ke tempat wisata yang menarik. Setelah beberapa bulan berlalu, Bryan tiba-

tiba saja menyatakan cinta padaku. Saat itu aku hanya menganggapnya hanya sebagai teman saja. Aku masih ingat raut wajahnya yang muram ketika cintanya tidak bersambut.

Jelas saja itu membuatku menjadi susah hati. Tapi pria itu seorang yang penuh tekad, ia semakin gigih mengejar aku. Berkali-kali aku mengatakannya untuk berhenti berharap, berakhir nihil.

"Apa kau tidak lelah? Menghabiskan waktumu yang berharga hanya untuk mengejarku," aku menyela ucapan Bryan.

Pria yang di hadapanku ini malah tersenyum manis sekali. Sedetik aku sempat terpesona namun segera kutepis. Ya, kuakui Bryan memang menawan. Apalagi mata birunya itu, seperti samudera yang bergelora.

"Aku tetap menunggumu, Agnes. Tidak masalah walau aku harus menghabiskan waktuku yang berharga untukmu. Kau jangan risau, aku masih bisa menjadi temanmu. Suatu hari nanti kau juga akan menyadari perasaanku."

Aku tidak pernah menduga yang diucapkan Bryan waktu itu, terjadi kepadaku. Setelah ia menyelesaikan kuliah hukumnya, Bryan tiba-tiba menghilang. Ia tidak pernah lagi mengusikku, bagai ditelan bumi. Biasanya ia yang paling cerewet menasihati aku agar tidak sering telat makan. Seketika aku mulai merasa kehilangan. Awalnya kukira itu mungkin hanya beberapa hari saja, toh ia tidak mungkin secepat itu menyukai orang lain.

Namun, sudah tiga bulan lamanya ia tidak lagi muncul dalam kehidupanku. Aku merindukannya. Sudah beberapa tempat kujalani hanya untuk mencari keberadaannya. Nomornya juga tidak pernah aktif lagi.

Bahkan akun media sosialnya sudah tidak ada lagi. Doris bilang ia kembali ke Berlin. Aku jadi teringat dengan Alan, saudara laki-laki Bryan.

"*Hallo*, Alan. Ini aku Agnes. Hmm, apakah Bryan ada di sana?"

"Oh, hai Agnes! Sudah lama kau tidak menghubungiku. Bryan tidak ada di sini. Apa kalian bertengkar?" tanya Alan dari sambungan itu.

"Bryan tiba-tiba menghilang sudah tiga bulan ini. Teman sekamarnya mengatakan, kalau dia pulang ke Berlin. Itu sebabnya aku menghubungimu, kukira ia ada di sana."

"Maaf mengecewakanmu, Agnes. Tapi, Bryan tidak ada di sini."

Aku harus menelan pil pahit itu.

Di belahan bumi mana engkau berada, Bryan? Aku sudah lelah mencari dirimu namun tak kunjung bersua.

***

Beberapa musim pun berlalu, akhirnya aku berhasil menyelesaikan pendidikanku. Masih ada waktu sebulan sebelum kembali ke tanah air.

Annie mengajakku untuk menikmati, musim panas ini ke pantai Blackpool Sand. Ia merasa sedih melihatku yang terus menerus mencari keberadaan Bryan. Aku turuti saja kemauannya itu. Tak ada salahnya menghibur diri sejenak.

Kami berlari di bibir pantai yang menimbulkan suara kecipak percikan air ketika menyentuhnya. Untuk sesaat aku melihat seseorang mirip dengan Bryan. Detik itu juga aku mengejar pria itu.

"Bryan!" suara teriakanku menarik perhatian orang-orang.

Pria itu terhenti dan menoleh ke arahku. Ia terlihat kebingungan. Ternyata itu bukan Bryan, hanya seseorang yang mirip saja. Tak terasa bulir bening mengalir di pipiku.

Aku menyesal Bryan. Kau ada di mana? Kau tahu perkataanmu waktu itu sekarang terjadi padaku. Aku sungguh merindukanmu.

Annie melingkarkan tangannya ke tubuhku, meminjamkan bahunya sejenak untuk mencurahkan segala lara di hati. Tangisanku terhenti ketika ponselku berdering beberapa kali. Di layar terlihat Alan yang menghubungi.

"Ya, ada apa Alan?" tanyaku dengan suara serak.

"Sebelumnya aku minta maaf telah membohongimu, Agnes. Hmm, sebenarnya Bryan ada di sini. Ia melarang aku untuk memberitahumu." Suaranya mulai tersendat. "Sekarang aku melanggar janjiku, aku tidak peduli lagi. Bryan sedang sakit keras, aku sungguh tidak tahan melihatnya menderita seperti itu. Bisakah kau kemari menjenguknya?"

Saat mendengar kabar itu hatiku serasa sembilu. Ternyata ia menghilang karena sedang terbaring sakit.

Tanpa pikir panjang, aku segera mengajak Annie terbang ke Berlin. Setelah dua jam mengudara, kami mendarat di negeri Adolf Hitler itu. Alan menjemput kami. Selama di perjalanan hatiku campur aduk.

Saat tiba di rumah itu, kakiku bergetar. Aku tidak menyangka akan bertemu lagi dengnnya setelah sekian lama. Di sudut teras itu, sosok yang kurindukan selama ini terduduk di kursi roda. Begitu ia melihat aku, matanya memerah, air asin sudah membanjiri pelupuk matanya. Aku berhamburan ke dalam pelukannya. Kupukuli dengan pelan dadanya yang tak lagi gagah itu.

"Mengapa kau pergi diam-diam, Bryan? Kau tahu, aku sudah mencarimu ke mana-mana. Aku ...." Suaraku tercekat, "aku sangat merindukan mu."

"Maaafkan aku. Aku hanya malu menghadapimu dengan keadaan seperti ini. Aku tidak ingin merepotkanmu, Agnes. Setiap waktu aku selalu merindukanmu. Maafkan aku."

Aku bahagia bisa bertemu kembali dengannya. Kini, aku membantu Alan merawat Bryan.

Seiring berjalannya waktu, Bryan mulai membaik. Aku senang melihat perubahannya itu. Seperti senja bertemu langit, seperti itu jua suasana hatiku.

Kutitip Rindu Untuk Dean

Dee_Ary

Di kala senja menyapa, menatap sang surya yang perlahan tenggelam. Duduk bersandar di sebuah taman yang tersimpan banyak kenangan, tak peduli dengan opini orang-orang yang mengira bahwa aku tidak waras. Setiap hari aku hanya menghabiskan waktu di tempat itu, mengenang keindahan bertajuk kenangan.

Katakan padaku, salahkah jika aku merindu? Aku mencari hadirmu, selalu menantimu meski aku ragu, masihkah rasa itu untukku? Engkau yang dulu pernah singgah, membuat diriku jatuh dalam kenyamanan, memberi warna dalam hidupku yang dulunya kelabu, namun kini? Dirimu menghilang tanpa kutahu.

Kini aku tersadar, bahwa waktu mengajarkan banyak hal, mengorbankan cinta demi mengejar cita-cita. Tahun demi tahun silih berganti, sekali pun tak pernah kau kabari. Janjimu hanyalah dusta, dan semua itu fatamorgana. Tidakkah kau tahu? Dalam setiap langkahku, aku selalu mencarimu, melintasi ruang dan waktu, berharap aku menemukanmu.

"Nay...."

Hatiku trenyuh, mendengar sapaan yang begitu familiar.

Apakah aku sedang bermimpi? Atau ini sebuah halusinasi? Ah tidak, ini nyata. Dia, laki-laki yang selama ini aku cari.

"Dean!" aku tersenyum, penantianku selama ini membuahkan hasil, dia kembali, aku menerjang tubuh tegap itu, melampiaskan sebongkah rindu yang tengah menggebu.

Namun ada yang aneh dari laki-laki yang tengah aku peluk, kenapa dia tidak membalasnya? Aku mendongak, melihat wajah yang kini sudah tidak seperti dulu lagi, bertahun-tahun tinggal di negeri orang, banyak sekali perubahan yang terlihat dari Dean, teman masa kecil sekaligus cinta pertamaku.

Tiba-tiba tangan kekar itu mendorong bahuku, aku terpaku, ada apa dengan dirinya? Kulihat dia mengeluarkan sesuatu, dari sampulnya aku tahu jika itu undangan pernikahan, seketika senyumanku menyurut saat membaca nama yang tertera di undangan itu, dadaku terasa sesak, bukan ini yang aku mau.

"Aku datang, tapi maaf. Aku datang bukan untuk menepati janji, aku harap kamu mengerti, lupakan aku dan mulailah hidupmu tanpa bayang-bayang diriku lagi."

Dean menatapku dengan raut wajah datar, tak ada senyum yang nampak di wajah rupawan itu.

"Tapi kenapa? Bukankah sebelum kamu pergi, kita sempat berjanji?" aku masih belum percaya, mencoba meyakinkan kalau ini hanya candaan semata.

"Lupakan janji itu, mari buka lembaran baru, jalani kehidupan kita masing-masing,"

Semudah itukah? Bertahun-tahun aku menunggu, tanpa teman ataupun sahabat. Diriku hanya berteman sepi, tak ada yang mau dekat denganku seolah aku adalah makhluk yang menjijikkan. Hanya dia, laki-laki yang berdiri di hadapanku, hanya dia yang mau menemani hari-hariku.

"Hufftt...," Dean menghela napas panjang, mendudukkan dirinya di sebuah bangku yang terlihat masih terawat. Laki-laki itu mengedarkan pandangannya, ia tersenyum ketika melihat taman yang ia bangun bersamaku.

Sebenarnya apa yang ada dipikirkannya? Aku bertanya-tanya, namun tak bisa kuungkapkan lewat kata-kata, mulutku seakan kaku.

"Duduklah Nay!" Dean menepuk sisi di sebelahnya. Aku menurut, mencoba menahan rasa gundah yang tengah bergejolak.

Hening, kami sama-sama sibuk dengan pemikiran masing-masing. Hingga tanpa sadar, hari mulai gelap, dinginnya malam perlahan menusuk kulitku, aku menggigil hingga sebuah jaket menggantung di bahuku.

Aku melirik laki-laki yang duduk di sebelahku, ia tersenyum. Apa ini? Aku tidak mengerti maksud semua ini.

"Kalau dilihat-lihat, kamu makin kurus, apa kamu sakit?" tanya Dean dan aku hanya menggeleng.

"Datanglah ke pernikahanku jika kamu masih menganggapku sahabat, sekarang pulanglah, ini sudah malam."

Kulihat dia tersenyum sebelum akhirnya pergi dan menghilang.

Seketika air mata yang sedari tadi aku tahan luruh, diiringi dengan hujan yang mengguyur tubuhku. Kenapa sekarang kita sejauh ini?

Aku mencoba bangkit, berjalan di gelapnya malam, di tengah derasnya hujan.

Sementara Dean, tak ada yang tahu jika laki-laki itu melakukan hal yang sama. Berteriak sekuat-kuatnya, membiarkan air hujan membasahi kulit putihnya.

Hidupnya sangat rumit, jatuh cinta pada gadis namun terhalang restu oleh orang tuanya.

Apakah dalam menjalin hubungan, baik perempuan maupun laki-laki harus menyandang status yang sederajat? Orang tuanya melarang keras jika dia berhubungan dengan Anaya, gadis sederhana, polos nan lugu.

Berjalan gontai menuju rumah yang tak layak huni, aku hanya bisa tersenyum miris, menarik napas panjang sebelum membuka pintu.

Aku sudah tahu jika semua orang pasti khawatir. Benar saja. Ayah, ibu, beserta Kak Faiz tengah berkumpul, terlihat jelas raut wajah kekhawatiran di ketiga orang itu.

"Astaga Naya!" kulihat tubuh yang sudah renta itu memeluk tubuhku, dia menangis hingga membuatku tertegun sekaligus merasa bersalah.

"Aku baik-baik saja, Bu. Jangan menangis,"

Setelah meyakinkan mereka bahwa aku baik-baik saja, aku masuk ke kamarku. Bayang-bayang kejadian tadi kembali terlintas. Kulihat dengan seksama undangan itu, mereka memang cocok, tapi hatiku nelangsa. Bisakah aku egois? Rasanya tak sanggup melihat seseorang yang aku cintai menikah dengan perempuan lain. Aku memiliki rasa tapi aku sadar jika aku bukan siapa-siapa, mungkin jalan kita sama, akan tetapi jalur kita berbeda, kamu di seberang jalan dan aku di seberang lautan. Perasaanku gundah, menginginkan seseorang yang jelas-jelas bukan milikku.

Di sinilah aku, duduk termenung sembari menatap air hujan yang berjatuhan, dengan sebuah pena dan buku yang menemani kesendirianku, mencurahkan segala keluh kesahku. Kutulis sebuah surat untuk mereka.

Soal umur, jodoh, rezeki, semua tidak ada yang tahu. Apapun yang terjadi, kita harus bisa menerima dengan lapang dada, jikalau memang beliau berkehendak, kita tidak bisa menolak apalagi menghindar. Menorehkan huruf demi huruf, tiba-tiba sesuatu terasa mengalir dari hidungku, dengan cepat aku menyeka cairan itu yang ternyata adalah darah. Namun sayang seribu sayang, darah itu sudah terlanjur menodai untaian kalimat yang sudah aku susun sedemikian rupa.

Tubuhku ambruk, samar-samar aku mendengar langkah kaki yang perlahan mendekat, mereka berteriak, melihat diriku yang lemas tak berdaya dengan darah yang tak kunjung berhenti mengalir dari hidungku. Kepalaku mendadak terasa berat, pandangan mulai kabur, aku hanya menggeleng ketika mereka berniat membawaku ke rumah sakit, ini sudah terlambat. Pergi pun percuma, karena akan sia-sia. Apakah hidupku akan berakhir sekarang?

Sebenarnya sudah lama aku divonis mengidap kanker darah, aku masih bisa bertahan karena melakukan kemoterapi meski hanya beberapa kali lantaran kendala biaya. Aku meraih tangan mereka kemudian menggenggamnya.

Bertahan karena seseorang, mengharapkan sebuah janji palsu, dan kini aku menyerah, berjuang pun tiada guna. Aku akan melepaskan dia, merelakan seseorang yang aku cintai bersama orang lain, mendapat pasangan yang layak, bukan gadis kampungan, dekil, dan penyakitan sepertiku. Sudut bibirku terangkat, genggaman tangan pun mulai melemah, seiring dengan mata yang mulai terpejam, napasku tercekat, kudengar mereka berteriak dan menangis histeris. Janganlah menangis, aku semakin tidak tega untuk pergi, tapi aku juga tidak bisa melawan takdir. Aku tahu jika di dunia ini tidak ada yang abadi, aku harap suatu saat kita bisa bertemu lagi.

Dan untuk Dean, terima kasih telah menjadi pelangi di hidupku walau hanya sekejap, menjadi pahlawan yang dulu selalu ada di saat aku dalam bahaya, menghibur diriku ketika aku rapuh. Terima kasih atas segalanya, semoga kamu selalu bahagia, aku tunggu kamu di surga.

Bahagia dalam Merindu

Hayurapuji

LDR itulah status hubunganku dengannya saat ini. Hubungan yang dipisahkan oleh jarak dan waktu, tapi dalam hubunganku ini juga ada kata negara yang menjadi penghalangnya. Ia dia adalah lelaki yang dikirimkan Tuhan untukku. Namun, begitu banyak cobaan dalam hubungan kita. Hubungan antara aku seorang tenaga kesehatan sedangkan dia seorang aparatur negara. Hatiku sudah terpatri olehnya, lelaki yang hitam namun sangat manis jika tersenyum, membuat wajahku yang putih kian merona saat melihatnya. Meskipun banyak orang yang bilang kami seperti kopi dan susu saat bersama, aku tidak peduli akan hal itu. Persetan dengan mereka. Aku hanya akan mengikuti kata hatiku dan detak jantungku untuk dia.

Banyak cara dalam hubungan untuk bisa berkomunikasi, tapi apalah dayaku hanya lewat burung-burung yang terbang bebas kukirimkan salam untuknya. Kalau pun malam menjelang hanya lewat angin malam kutiupkan rasa rinduku padanya.

Bagas. Ia nama lelaki itu adalah Bagas Prasetyo. Lelaki yang sudah dua tahun menjalin kasih denganku, lelaki yang sudah membuatku mabuk dengan kata-kata cintanya. Ia juga lelaki dengan baju berwarna hijau loreng yang membuatku terpana. Sungguh rinduku kian menggebu saat kupandangi foto yang tercetak wajah kami berdua.

Tiara. Panggil saja aku Rara. Gadis yang sedang terperangkap kerinduan yang amat sangat mendalam.

Gadis yang selalu bermimpi berjumpa pada lelaki yang bernama Bagas dalam tidur yang hanya tiga jam saja.

Kepercayaan, itulah salah satu kunci untuk hubungan kami serta keikhlasan untuk kami, karena Tuhan begitu kejam dengan waktu yang diberikan pada kami saat berjumpa. Salah ini bukan salah-Nya, tapi salah kami yang memiliki profesi yang begitu menguras waktu kami. Tapi cinta yang kumiliki untuknya seiring waktu bisa menerima dengan ikhlas.

***

Pagi hari ini konsentrasiku hilang, selang infus yang terpasang di tubuh pasien yang seharusnya jangan ada udara yang masuk, tapi gelembungan gelembungan udara itu terlihat sangat jelas. Kepala perawat yang melihat itu langsung mengomeliku di depan pasien. Hatiku hancur berkeping-keping pikiranku menerawang saat tadi malam begitu aku menggebu-gebu mengatakan kerinduanku dan cintaku pada Bagas, setelah hampir tiga minggu tidak berbicara karena dia menjalankan tugas berlatih di hutan belantara. Namun, saat itu aku mendengar suara seorang wanita, yang sedang berbicara.

"Sayang, jangan lama-lama." Begitu ucap suara wanita yang aku dengar. Bukannya Bagas menjelaskan padaku tapi dia justru memarahiku saat kutanya itu siapa.

"Kenapa kau tidak percaya padaku?"

"Kenapa kau mencurigaiku?"

"Stop bersikap menuduhku seakan aku selalu berselingkuh. Aku lelah dengan tuduhanmu, Rara!"

Kata-kata Bagas masih terngiang jelas. Kata-kata itu sangat menusuk jantungku.

Bagas, kau kenapa? Aku mohon jangan mendua di belakangku. Jangan bosan mendengar kata posesif yang keluar dari mulut ku. Maaf, maafkan aku, juga maafkan cintaku. Aku hanya tidak ingin kehilanganmu.

"Berhentilah menangis, Rara." Batinku terus berteriak mencoba menghentikan air mata ini. Namun gagal, jantungku serasa berhenti sedetik, hatiku seperti tertusuk jarum tak kasat mata, dadaku sesak. Bagaimana mungkin aku bisa menghentikan tangisku saat seluruh jiwaku tersakiti?

Air mataku yang keluar membuat kepala perawat kasihan padaku, aku diizinkan untuk pergi dari ruang perawatan. Kunaiki gedung rumah sakit yang berlantai 13 itu hingga sampai atap.

Kutatap selembar foto yang berada di sakuku.

"Bagas, kenapa kau melakukan ini padaku?" Hatiku kembali terisak saat suara wanita dan kemarahan yang diucapkan Bagas kembali berputar di otakku.

Aku begitu mempercayaimu, namun kau menghancurkan itu. Aku menahan rinduku menanti dirimu kembali padaku untuk mengucapkan kata 'sayang'. Tapi justru kau melukaiku. Bagas, sejauh apa lagi kau akan menyakitiku, setelah membuatku selalu merindukanmu apa ini semua hanya semu?

"Apa kau menangis karena lelaki itu, Ra?"

Sahabat yang bernama Della. Dia adalah satu-satunya teman curhat yang tahu akan perjalanan cintaku bersama Bagas. Terkadang dia memberiku saran agar aku tidak terus-menerus merindukannya. Jika bisa, aku harus mencari penggantinya.

"Dia ... Dia bersama wanita lain, Del. Aku terluka."

“Menangislah, Ra. Kecewa itu pasti. Saat orang yang kamu cintai mendua. Tapi apa kau sudah memastikan?”

“Apa maksudmu, apa kau menganggapku tidak bisa membedakan suara wanita dan pria?”

Della terkekeh membuatku semakin kesal.

“Bukannya dia berada di hutan belantara. Menurutmu apa ada wanita di sana?”

Aku mencerna setiap kata yang diucapkan Della. Apa Bagas ingin mempermainkan aku dan ingin putus denganku, saat aku terus menerus bilang merindukannya? Apa karena ini, dia bosan padaku?

***

Hari demi hari berlalu berganti dengan minggu. Minggu kini berganti dengan bulan, waktu kian cepat berlalu. Satu bulan sudah sejak Bagas memarahiku. Dia tidak pernah menghubungiku lagi. Sedangkan aku ingin menghubunginya, nomornya selalu tidak aktif. Kerinduan di hatiku semakin melekat, tetapi hatiku juga semakin hancur saat tidak ada kepastian dengan hubunganku.

Bulan Mei ini harusnya dia mendapatkan izin untuk pesiar. Aku tidak tahu apakah dia akan menepati janjinya untuk pergi menemuiku. Hanya dia dan waktu yang akan menjawabnya.

Langkah kaki jenjangku menelusuri taman rumah sakit. Di sana kutemui sosok lelaki yang sudah menghiburku sejak satu bulan ini. Mengisi hatiku yang kosong, yang hanya menampakkan sebuah kerinduan yang tak berujung.

“Kau di sini, Ra?”

“Iya, waktunya aku beristirahat.”

Deni, nama lelaki itu. Aku rasa dia tertarik padaku. Semua perhatian dia tunjukkan, tetapi sepertinya hatiku sudah tidak bisa menerimanya.

"Ra," panggil Deni dengan memegang kedua tanganku. Entah apa yang merasuki lelaki itu hingga mau mencium punggung tanganku.

Drrrt, drrrt, drrrt, drrrt.

Ponselku bergetar, sebuah panggilan masuk. Tertera jelas nama Bagas di sana. Seketika aku tersenyum bahagia. Yang ditunggu akhirnya kembali menghubungiku.

Dengan penuh harapan besar aku segera menekan tombol hijau di layarku.

"Mengapa kau berselingkuh?" ucapnya tanpa mendengar kata sapaan dariku.

"Selingkuh?" ulangku yang tak percaya dengan tuduhan Bagas, saat aku sadar dengan posisiku sekarang. *Ya Tuhan, apa Bagas melihatku dengan Deni?*

"Ba ... Bagas, ini tidak seperti yang kau lihat!"

"Tidak seperti yang kulihat?"

"Iya."

Suara Bagas tak terdengar lagi namun waktu panggilan masih terus berlanjut.

"Kau di mana?" tanyaku yang penasaran.

"Tidak penting aku di mana, sungguh aku sangat kecewa padamu. Kau berlagak posesif dan merindukanku tapi kau sendiri bermain di belakangku. Kau tahu yang kau dengar itu bukan suara wanita sungguhan, aku berbuat seperti itu demi kebaikanmu, aku marah demi kebaikanmu. Aku hanya tidak ingin kau larut dalam kerinduan yang terus menerus, hingga membuatmu menggila."

"Bagas, dengarkan aku. Ini tidak seperti yang kamu pikirkan, aku tidak pernah bermain di belakangmu. Aku akui lelaki ini yang menghiburku, saat aku tidak bisa menahan rinduku padamu, terlebih kau tidak memberikan kabar dan menggantungkanku." Aku mencoba menjelaskan semuanya pada Bagas. Aku sampai bingung harus mengatakan apa. Ya, Tuhan!

"Ya, apa semua itu alasan hingga membuatmu menerima semua yang lelaki itu berikan? Kau sangat tahu pasti keadaan dalam hubungan kita. Tidakkah kau percaya padaku? Tidak bisakah kau menepati janjimu? Aku lelah dan aku tidak bisa menerima ini semua, Ra."

Aku berdiri, kakiku bergetar, kepalaku menggeleng-geleng kuat, mataku sudah memerah, air mataku sudah siap untuk meluncur membasahi pipiku. "Tidak Bagas, jangan seperti itu. Percaya padaku aku benar-benar mencintaimu."

"Cinta itu tidak seperti ini, Ra. Sudahlah aku lelah, jika kau bisa bahagia bersamanya. Kulepas kau dengan ikhlas."

"Tidak... Ti..." Terdengar bunyi 'tut tut' dari seberang

"Bagas tidak!" teriakku.

Deni berusaha menenangkanku dan memegang pundakku, tapi tangan Deni aku hempaskan. Aku berlari menjauh dari Deni.

Gedung rumah sakit yang luas kutelusuri untuk mencari sosok yang kurindukan dalam setiap embusan napasku.

"Bagas, aku bisa mati jika kau seperti ini," teriakku seperti orang gila. Aku sudah tidak peduli, yang aku inginkan aku bisa bertemu dengan Bagas.

Ya Bagas, Bagas, hatiku bersorak seperti pemandu sorak yang sedang memberikan semangat menemukan lelaki itu dengan menyebutkan namanya. Namun semua nampak sia-sia, kakiku luruh ke aspal hitam yang mulai basah terguyur air hujan.

Air mataku ikut membasahi aspal itu. Hatiku ngilu, perasaanku hancur. Menyesal, itu kata yang bisa kuterima. Meskipun ini bukan sepenuhnya kesalahanku, tapi kenapa aku menerima seorang Deni yang memberikan perhatian padaku? Kenapa aku tidak menunggu Bagas sesuai janjiku?

"Bagas!" teriakku sekali lagi.

Tiba-tiba air hujan berhenti membasahi kepalaku, namun saat kulihat di depanku air hujan masih membasahi aspal. Lalu kuangkat kepalaku, kulihat sosok berkulit hitam sedang memegang payung. Iya, itu dia Bagas.

Aku berdiri tergopoh-gopoh, "Ba-Bagas aku mohon maafkan aku." Dengan suara serak aku memohon padanya.

Bagas hanya memandang mataku, mungkin ia ingin mencari kejujuran di dalam sana.

"Aku sungguh mencintaimu, Bagas. Maafkan aku yang tak bisa memegang janjiku."

"Maafkan aku Ra, aku sudah memutuskan."

"Tidak ... Bagas. Kau tidak boleh seperti ini."

"Kenapa?"

"Kau tidak boleh memutuskanku, aku sangat mencintaimu!"

"Aku berhak Rara."

"Tidak!"

"Aku sudah mengambil keputusan aku ingin menikah denganmu," teriak Bagas melepaskan payung yang dipegang lalu berjongkok dengan membawa kotak kecil berisi sebuah cincin emas.

"Will you marry me?"

Anggada dan Bisma

Ayu Paramita

"Bisma!" Anggada terengah meneriakkan nama sahabatnya. Bisma sudah berlari jauh di depan, mencari jalan untuk lepas dari kejaran polisi. Anggada mengikuti sosok Bisma yang sudah menyerupai titik, memasuki gang kumuh dan sempit.

Bisma terlihat melompati pagar besi berbentuk anyaman. Anggada pun melakukan hal yang sama. Tak dipedulikannya kaki yang sedikit pincang karena terkilir.

Beginilah kehidupannya bersama Bisma sehari-hari. Jadi anak jalanan, mengamen, kerja serabutan dan berkelahi hampir tiap hari untuk memperebutkan wilayah kekuasaan, lalu berakhir di balik jeruji tahanan. Memang hanya sehari dua hari, untuk diberi pembinaan. Setelah itu, mereka akan kembali dilepaskan. Kembali di dunia jalanan, mereka berbuat ulah dan masuk lagi ke dalam dinginnya lantai penjara. Demikian seterusnya alur hidup mereka, selalu berulang, seperti roda.

Tapi kali ini berbeda, Anggada sudah melakukan satu dosa besar. Dia sudah membunuh Joni, kepala preman yang paling ditakuti di wilayah ini, dengan parang yang selama ini hanya bersembunyi di balik punggungnya. Saat sirene mobil polisi meraung semakin dekat, Bisma segera menarik kerah kaos Anggada dan menyeretnya berlari secepat mungkin. Hanya beberapa langkah, Anggada terjatuh dan terkilir. Namun dia paksakan untuk tetap berdiri dan berlari. Dia tak mau lagi masuk penjara yang jelas untuk waktu yang sangat lama, karena dia sudah menghilangkan sebuah nyawa.

Setelah melompati pagar besi, Anggada memutar pandangannya, mencari sosok Bisma. Terlihat sekelebat bayangan Bisma memasuki pekarangan belakang rumah seseorang. Anggada pun membuntuti. Dibukanya pagar kayu itu perlahan, sembari berteriak tertahan, memanggil nama sahabatnya. "Pssst! Bis, Bisma!"

Tiba-tiba saja dari arah belakang, seseorang membungkam mulutnya. Anggada sudah bersiap memutar badan dan membuat gerakan memukul, ketika dia tahu bahwa Bismalah yang melakukannya.

"*Nunduk, bro!* Ada polisi di depan!"

Anggada mematuhi perintah Bisma. Sayup-sayup terdengar suara seorang laki-laki dari dalam rumah yang tersambung dengan pekarangan yang sekarang menjadi tempat persembunyian mereka.

"Bapak lihat tidak pak, dua orang, tingginya sekitar segini, dua-duanya sama-sama berkulit putih bersih, terakhir pakai kaos hitam, satunya lagi pakai baju kotak-kotak, memakai celana jeans. Tadi mereka kelihatan lari di sekitar sini," tanya seseorang, yang Anggada yakin itu adalah polisi.

"Saya tidak lihat siapa-siapa, pak. Sedari tadi saya dan putri saya sedang membersihkan halaman belakang, tapi kami tidak melihat siapapun," jelas seseorang yang lain. Sepertinya dia pemilik rumah dan pekarangan ini.

Di tengah seriusnya Anggada dan Bisma menajamkan pendengaran, seseorang menepuk bahu mereka. Sontak Anggada terkejut dan menoleh. Ternyata seorang gadis. Dia berdiri membelakangi sinar matahari. Beberapa helai rambutnya yang sedikit ikal, terjatuh menutupi dahi. Mata Anggada membulat, tak pernah ia melihat gadis secantik ini.

"Sini, sembunyi di sini, takutnya pak polisi mencari sampai kemari!" bisik gadis itu sambil mengarahkan mereka berdua ke sebuah gudang.

Anggada menghentikan sorot terpananya dan mengikuti gadis itu, begitu pula Bisma. Mereka memasuki gudang yang sepertinya lama tak terpakai. Sarang laba-laba banyak menggantung di plafonnya. Gadis itu menempelkan telunjuk di bibirnya. Memberi isyarat supaya mereka tidak bersuara, lalu bergegas keluar gudang.

Anggada dan Bisma meringkuk di belakang kandang ayam yang tak terpakai. Beberapa menit kemudian, terdengar langkah kaki menghampiri, Anggada menahan napas karena tegang. Bisma tampak memejamkan matanya erat, membayangkan kemungkinan terburuk.

"Sudah aman, nak. Kalian bisa keluar," suara laki-laki yang tadi berbincang dengan polisi.

Bisma memberanikan diri berdiri dan melihat sosok pria di depannya. Anggada pun menyembulkan kepalanya dari balik kandang.

"Terima kasih bantuannya, pak!" Bisma membungkuk sebagai tanda hormat.

"Kalian boleh sembunyi di sini untuk sementara, sekalian bantu-bantu saya," ujar pria tua itu.

Anggada dan Bisma saling berpandangan. "Bantu-bantu apa, pak?" Anggada memberanikan diri bertanya.

"Bersih-bersih pekarangan. Mau saya pakai untuk menanam tomat," jawabnya.

Tanpa berpikir lama, mereka mengangguk setuju. Tak ada jalan lain. Mereka harus berdiam di sini untuk sementara, tak boleh berkeliaran. Karena status mereka kini adalah buronan. Ah tidak, bukan mereka, tapi hanya

Anggada, karena Anggadalah pembunuhnya, Bisma hanya membantunya melarikan diri.

***

Tak terasa, sudah dua minggu mereka bersembunyi di rumah pak Yanto, nama pak tua si pemilik rumah, dan Gadis, nama sang putri yang berhasil mencuri hati Anggada, tepat saat pertama kali melihatnya.

Saat ini mereka sedang duduk bersila mengitari sebakul nasi putih, sambal terasi, sepiring penuh tempe dan ikan goreng. Anggada melirik Pak Yanto yang lebih banyak diam, tak kunjung menyendok nasi, membuat mereka semua sungkan untuk memulai.

"Pak, Bapak bilang saja", bisik Gadis pelan, namun telinga Anggada masih sanggup menangkapnya.

"Ada masalah apa, Pak?" Bisma lebih dulu membuka suara.

Ragu-ragu, Pak Yanto memandang dua pemuda itu bergantian. "Kalian ... punya keluarga?" tanyanya.

"Saya yatim piatu, kalau Anggada, masih punya orang tua, meskipun mereka bercerai," jawab Bisma.

Kini sorot mata Pak Yanto beralih pada Anggada. "Kamu apa tidak ingin pulang ke rumah?"

"Saya sudah diusir pak", ucap Anggada singkat.

"Masalahnya, kemarin ada orang bolak-balik lewat depan rumah saya. Saya yakin itu polisi. Saya takut mereka sudah tahu kalian ada di sini. Saya tidak mau terseret lebih jauh lagi, kasihan anak saya," Gadis menunduk mendengar penjelasan ayahnya.

Serempak, Anggada dan Bisma mengembuskan napas panjang. Mereka sangat maklum dengan sikap Pak Yanto.

"Kalau begitu, kami pergi hari ini, pak." Bisma melirik ke arah Anggada, meminta persetujuan. Anggada mengangguk.

"Tapi, makan dulu," Gadis menatap penuh harap pada Anggada dan Bisma.

Dalam diam, mereka menghabiskan santapan. Berkali-kali Pak Yanto melirik Anggada dan Bisma penuh sesal.

Siang ini, mereka keluar rumah Pak Yanto melalui pekarangan belakang, sama seperti saat mereka datang pertama kali. Tujuan mereka adalah terminal. Anggada dan Bisma sudah bertekad melarikan diri keluar kota, Namun, polisi sudah menyisir terminal dan berjaga di sana tanpa sepengetahuan mereka.

Tepat saat kaki kanan Bisma menapak tangga bus, terdengar nyaring suara tembakan peringatan dari polisi.

"Berhenti!" teriak petugas berseragam cokelat. Wajah Anggada berubah pucat. Bisma menggeleng dan menarik lengan Anggada, tapi pemuda itu terpaku di tempat.

DOR!

Satu tembakan peringatan meluncur lagi. Orang-orang sudah berteriak berlarian tak tentu arah. Sopir dan kenek bus sudah berlari turun menjauhi bus. Panik, Anggada ikut berlari.

"Ang!" teriak Bisma, hal terakhir yang Anggada ingat ketika peluru tajam melesat ke arahnya, namun dihadang oleh tubuh tegap Bisma. Sahabatnya itu tersungkur ke atas badan Anggada, membuat keseimbangannya hilang dan terjatuh hingga kepala belakangnya membentur tanah. Lalu, gelap seketika.

***

Sepuluh tahun berlalu sejak kejadian itu. Sepuluh tahun pula Anggada sangat merindukan keberadaan Bisma. Entah bagaimana nasibnya, sudahkah ia meninggal atau dipenjara di lain tempat. Dulu, di depan hakim, hanya Anggada yang disidang seorang diri, Bisma sama sekali tak nampak. Dalam penjara, Anggada berusaha menanyakan nama Bisma pada sipir yang bertugas. Semuanya hanya menggelengkan kepala.

Anggada mendesah. Sekarang adalah hari baru. Dia sudah menghabiskan masa tahanannya dengan baik. Anggada sudah rutin mengaji dan lancar membaca Al Qur'an, dibantu oleh Ustaz Amir, seorang guru agama yang memang disediakan oleh Lembaga Pemasyarakatan. Sifat dan pandangan hidupnya pun berubah sejak mendalami ilmu agama. Di depan Ustaz Amir, ia bersumpah tak akan lagi kembali memasuki dunia hitam. Dia ingin sisa umurnya dihabiskan untuk menebus dosa-dosanya, dengan berbuat banyak kebaikan serta akan mencari rejeki yang halal. Lalu Bisma ..., ya, dia juga bertekad mencari Bisma, seandainya meninggal, Anggada ingin mengetahui di mana kuburnya.

Dengan menenteng tas ransel, Anggada melangkahkan kaki keluar saat gerbang besi yang tinggi bergerak terbuka. Teringat, kalimat perpisahan oleh Ustaz Amir yang didengarnya beberapa menit lalu.

“Setelah ini, akan banyak cobaan yang menghantammu, Anggada. Bertahanlah! Menjadi baik itu berat! Tapi ingat, jangan pernah berhenti!”

Anggada mengulum senyum. Dia tahu akan menuju ke mana sekarang. Rumah Pak Yanto. Memohon belas kasih pria baik itu agar mau memberinya tumpangan dan pekerjaan. Dan tentu saja, ingin menunjukkan pada Gadis bahwa Anggada telah berubah. Dia ingin Gadis melihatnya sebagai laki-laki baik yang memperjuangkan cintanya.

Senyum Anggada terus terkembang hingga kakinya sampai di depan teras rumah Pak Yanto. Laki-laki tua itu masih sama seperti dulu. Wajah ramahnya masih ia tunjukkan ketika sosok Anggada sudah berdiri di depannya.

"Anggada!" Pria tua itu begitu sumringah, memeluk tubuh jangkung Anggada dan menepuk punggungnya.

"Alhamdulillaah! Ternyata kamu masih hidup! Tiap malam bapak mendoakan keselamatanmu." Tangis haru pun mengalir di mata kedua orang itu.

"Terima kasih, bapak masih mengingat saya. Apa kabar Gadis, pak? Oya, saya juga ingin menanyakan keberadaan Bisma, barangkali bapak tahu?"

Entah perasaan Anggada saja, ataukah memang dia merasa raut wajah Pak Yanto semakin berbinar mendengar pertanyaannya.

"Kebetulaan! Masuk sini. Alhamdulillah si Bisma sudah buka bengkel, lumayan laris. Bengkelnya di dekat sini. Sebentar lagi juga pulang. Maklum, baru dua hari menyandang status sebagai seorang bapak. Jadi kayak kemaruk gitu, sebentar-sebentar pulang jenguk anaknya," tutur Pak Yanto sembari menarik lengan Anggada.

"Anak? Bisma sudah punya anak, Pak?" Anggada mengerutkan dahi.

"Oh, iya. Bapak lupa *ndak* cerita. Bisma dan Gadis sudah menikah setahun lalu, baru kemarin lusa Gadis melahirkan. Alhamdulillah, cucu bapak ganteng."

Raut bahagia milik Pak Yanto sungguh berbanding terbalik dengan Anggada. *Gadis menikah dengan Bisma?* Pupus sudah bayangan nan ayu yang selalu menjadi salah satu sumber kekuatannya selama dipenjara. Wajah gadis yang tiap malam membayangi mimpinya, menguatkan tekadnya untuk menjadi pria baik supaya pantas bersanding dengannya kelak.

Lamat-lamat, kalimat Ustaz Amir kembali berputar di kepalanya. "Bertahanlah! Menjadi baik itu berat. Tapi jangan pernah berhenti!"

Pesan Rindu Teruntuk My First Love

Sudarsih Dwi Ningrum

Perkenalkan, namaku Ningcia Dwi Rekartini, mahasiswi semester enam. Punya pacar bernama Ahmad Fauzan Handika. Dia berkerja di sebuah kantor X, tetapi kami beda kecamatan. Satu hal yang paling kusuka darinya ialah sifat cueknya, meski berbalut perhatian yang lebih. Hari Sabtu kami sering bertemu dan menghabiskan waktu bersama.

Aku, Ningcia, punya sepenggal kisah *my first love* di tahun 2016.

***

Dari tahun 1996 sampai 2016, aku hanya mengenal sosok yang kusebut *my first love,* yaitu ayah. Sosok ayah bagiku sangat luar biasa.

Tahun 2016, aku adalah sosok anak manja, namun *my first love* tak pernah lelah menyayangiku dengan tulus. Kala itu aku masih SMA. Masa-masa putih abu-abu, aku sangat bahagia. Namun dengan berjalannya waktu, aku merasa ada yang mengganjal.

Ayah selalu mengantarku sampai sekolah. Tak hanya itu, aku selalu diperlakukan bagai ratu oleh ayah yang begitu mencintai putri semata wayangnya.

Waktu mengubah segalanya.

Aku masuk di Universitas X. Waktu itu aku tinggal di ponpesma, hanya bisa mengabari *my first love* melalu ponsel.

Percakapanku dengan Ayah dan Ibu bagai mengiris bawang, ketika bercakap~cakap melalui *audio call* Whatsapp.

Ayah: Hallo, Nak. *Gimana* kabarnya?

Aku: Baik Ayah. Ayah sendiri bagaimana?

Ayah: Ayah baik-baik saja, nak. Kuliah yang semangat, ya."

Aku: Baik, Ayah. Ayah di rumah juga baik-baik saja ya, Yah."

Ayah: Baik, Nak. Ayah tutup teleponnya. Assalamualakum.

Aku: Waalaikumsalam, Yah

Telepon dari ayah berakhir.

Sebentar kemudian, tiba-tiba telepon berdering panggilan masuk dari Ibu.

Ibu: Hai, Assalamualaikum, Nduk.

Aku: Waalaikumsalam, Bu.

Ibu: *Gimana* kabarnya, Nduk?

Aku: Baik, Bu.

Ibu: Jangan lupa berdoa dan makan teratur ya, Nduk.

Aku: Baik, Bu.

Ibu: Nduk, Ibu mau lanjut berkerja. Jaga diri baik-baik. Assalamualaikum.

Aku: Waalaikumsalam, Bu.

Tiba-tiba masuk panggilan dari sahabatku, Poni.

Poni: Ningcia besok kita ke kampus, ya?

Aku: Hmmm ... *males ngampus*.

Poni: Lah, kenapa?

Aku: Pengen tiduran. Besok cuma satu matkul, kan?

Poni (dengan ketus): Dasar Ningcia ....

Hari demi hari aku dan Poni asyik menghabiskan waktu bersama.

Liburan tahun 2016. Aku dan Poni kembali ke kampung halaman dan bareng-bareng mudik. Kami berpisah di persimpangan jalan karena berbeda kota. Sesampainya di rumah, aku disambut hangat oleh Ayah.

Seminggu di rumah, mendadak Ayah izin mau menjenguk saudaranya. Aku sempat binggung, kok Ayah bahagia sekali hari itu, tidak seperti biasanya?

Karena kantuk yang luar biasa, jam dua siang aku tertidur di kamar. Tiba-tiba, sekitar pukul empat sore, pintu rumah diketuk.

Tok! Tok! Tok!

"Ningcia... Ningcia... Ningcia!"

Aku langsung bangun dari tidur dan buru-buru menuju ke pintu. Ternyata itu suara budeku. Budeku sangat panik dan khawatir membuatku bingung.

"Kenapa Bude?" tanyaku.

"Ayahmu kecelakaan," jawab Bude.

Mendengar itu, pikiranku kacau dan langsung menangis sejadi-jadinya. Akhirnya aku dan budheku menuju Rumah Sakit.

Setengah perjalanan ponselku berbunyi.

Aku berkata kepada bude, "Lah, kok Ayah memanggil?"

Aku menjawab telepon.

"Halo. Ayah di mana?"

"Maaf, Bu. Ini dari kantor polisi, ingin menyampaikan pesan kepada ibu bahwa bapak Musholihin kecelakaan pukul 15.00 WIB."

Seketika aku menangis sejadi-jadinya mendengar itu semua.

Langsung polisi itu memberikan kabar bahwa Ayah dilarikan ke Rumah Sakit X. Sepanjang perjalanan aku menangis.

Sesampai di rumah sakit, kondisi Ayah kritis di UGD, lalu dipindahkan ke ICU. Aku berlari sambil menangis. Tak ada satupun yang mengerti dan peduli akan perasaanku yang penuh campur aduk itu.

Di ICU, dokter mengatakan ayahku sudah tiada. Perasaan itu menjadi sebuah momok. Rasanya aku tidak percaya.

Waktu terus berlalu. Sekarang tahun 2021, empat tahun sudah kepergian *my first love*. Kerinduan yang membawa untuk tetap menginspirasi hidupku.

Bahwa ada ibu yang harus dibahagiakan.

Temanggung, 26 Juni 2021

SELENDRIA

BANG ZIM

Tahun-tahun yang penuh keindahan laksana sebuah mimpi-mimpi di malam hari nan asing lagi tersembunyi, lalu kau pun kembali terpejam, menerawang pada bayangan hitam akan gelapnya malam, dan tersadar bahwa dia telah pulang. Sial, dia telah lenyap, kawan.

Tolong buat aku terpejam! Dan bermimpi sekali lagi mengenai dirinya yang pernah hadir saat masa-masa asing kita awal berjumpa, terselingi kebisuan di setiap kata-kata aku akan menyebutkan namanya, SELENDRIA. Ya namanya ialah Selendria, kawan.

Dialah gadis yang dahulu pernah menumpahkan warna-warna indah ke dalam penghidupanku yang bukanlah siapa-siapa. Namun dia juga yang ubahkan segala pertemuanku dengannya laksana telah ia temukan sebuah keajaiban-keajaiban yang memesona. Maaf aku hanya bisa terdiam, membisu dengan seluruh keheningan. Jujur hari itu aku sangat merasa senang. Ah, sungguh beruntung takdir tertulis telah mempertemukan.

Andaikan saja mampu kuhadirkan kembali pertemuan asing nan tersembunyi kita malam ini, mungkin akan kupandangi sekali lagi setiap kerlingan matanya yang seketika melekat dalam ingatan, atau bahkan kurasakan belaian rambutnya yang mampu menggelitik perasaan, dan menggema penuh kebahagiaan.

Ingatkah dahulu aku pernah mengatakan dunia kita tidaklah sama, aku hanyalah aku, tak jauh berbeda seperti apa yang kau lihat hari itu, sekadar pria yang tampak begitu sederhana, dan lihatlah betapa kaku saat aku hendak membalaskan kembali senyumannya. Lantaran buah takdir kembali menyadarkan akan pertemuan kita dengan sebuah ramalan-ramalan yang terdengar begitu mengecewakan. Sekali lagi kita tidak akan pernah sama, lupakan saja dan berhentilah untuk berdoa bahwa kita akan bersama, meski kenyataan dalam sekejap mata selalu membunuh setiap pengharapan-pengharapan yang tidaklah akan pernah ada. Maaf, maaf sekali lagi maaf.

Hari demi hari, bulan demi bulan, bahkan tahun demi tahun laksana lembaran-lembaran buku usang yang telah habis kau torehkan secarik pena memenuhi setiap isi di dalamnya, kemudian tiada mampu kau sadari, seketika buku itu telah habis berada di ujung sampulnya. Dan lihatlah kembali kita sama-sama berjalan dengan segala kekosongan, hingga akhirnya kusadari gadis itu sudah begitu benci. Ya, benci akan seluruh perlakuan yang begitu menyedihkan, dia hanya diam, lantaran kekejamanku yang terpaksa merenggut segala kenyataan, kemudian terpaksa harus aku lakukan. Bukan main, Kawan! Melainkan satu hal yang pasti akan ketulusan cinta yang sesungguhnya, dan cinta itu akan selamanya hidup tanpa perlu menghadirkan keindahan-keindahannya.

Tolong! Biarkan aku terpejam untuk malam ini, agar bisa kurasakan kembali akan cinta kita yang sering kita hadirkan melalui hitamnya bayang-bayang yang melingkupi kegelapan. Lantaran cinta bukanlah kesalahan, bukan pula sebuah dosa. Melainkan mereka memanglah nyata, tiada harus kau mengetahui keberadaannya, dan mereka laksana bagaikan sesosok hantu tak kasat mata yang tetap setia menemani mu malam ini.

Cukup, aku sudah sangat merasa takut...

Lelah memikirkan sosok yang kuhadirkan dengan mesra melalui sebuah bayangan indah, tapi bayangan itu juga mampu merubahkan segalanya menjadi kengerian yang membuatku merasa takut dan menjauh tanpa sebab. Dialah yang menjadi perantara atas segala cinta yang kuhadirkan dengan sengaja. Dialah yang telah menyadarkan aku bahwa pertemuan kita bukanlah sebuah dosa, bukan juga buah mimpi yang tak seorang pun mampu menafsirkan keagungan-keagungan rasa di dalamnya.

Kemudian aku tersadar, seraya menyapu pandang, kala sang mentari menyapa setiap pucuk-pucuk ilalang. Laksana sebuah gigitan yang merindukan kasih sayang. Ternyata hari telah beranjak siang, namun aku masih juga belum mampu untuk terpejam, lantas sekejam inikah hukuman atas segala kerinduan kita, maka tak bisakah untuk kita saling memaafkannya dan kembali kepada hari-hari asing kita awal berjumpa dengan mesra.

Cobalah untuk kita mengikhlaskannya kawan, lantaran perpisahan tidak diukur dari setiap penyesalannya. Sedangkan orang-orang sering berkata mengenai sebuah penyesalan yang mungkin akan membebaskan segala kedewasaan, dan hal itu harus lekas kau renungkan, kawan. Terima dan anggap semua yang telah lalu hanyalah sekadar mimpi-mimpi di malam hari.

Rindu hanya membuat dirimu terbelenggu. Maka beranjak saja dari alas tidur mu pagi ini, kemudian menatap pada cerah biru langit nilam yang membentang, berarak-arak gerombolan awan yang menambah kesan pada keindahan. Demi kata maaf yang kian bersemayam dalam relung hati, telah kuutarakan segala kata-kata permohonan mengenai andaikan semua bisa kita ulang. Lantas masih inginkah kau untuk kembali mengulang?

Namun Selendria hanya diam, menatap lurus penuh keanehan, bisakah kau bayangkan apa yang hari itu dia katakan?

"Seharusnya aku yang mengatakan itu, dan kau yang menjawab. Masih inginkah!"

Awalnya aku tercengang dan berusaha menerawang. Apakah yang dia maksudkan Selendria telah menerima setiap kata-kata ajakanku kala itu? Entahlah, cukup sudah jangan membuat aku merasa bingung.

"Ya." Tanpa sadar aku telah mengatakan itu, mungkin memang karena ingin aku menerimanya, dan mengulang kembali pada masa-masa asing nan tersembunyi itu yang telah kita lupakan. Lantas mengapa gadis itu masih diam setelahnya, saat kupandangi sekali lagi wajahnya, maka cobalah untuk tersenyum. Dan dia tersenyum.

Syukurlah gadis itu tidak pernah berubah, agaknya dia juga merasakan apa yang tengah aku rasakan. Kau ingat kata-kataku dahulu mengenai segala kekecewaan aku berucap dunia kita berbeda, tapi sudahlah! Lantaran cinta bukanlah kesalahan, biarpun iya, maka dengan segala permohonan biarlah perasaan kita tumbuh dalam kegelapan. Seraya kurasakan akan belaian di setiap helaian rambut mu yang kian menggelitik perasaan, melekat dengan segala ingatan dia mengulang kejapan matanya yang merengkuh jiwaku pada setiap keajaiban-keajaiban yang telah lama aku sendiri lupakan. Menggema penuh kegembiraan. Tertumpah banyak sekali warna-warna indah yang memesona menyentuh penghidupan. Sayang! Akankah cinta kita akan selamanya terhadirkan dalam kerinduan walau hanya sekadar dalam buah mimpi-mimpi di malam yang panjang.

Asap kopi pagi ini tampak kian mengepul ke udara, menemani setiap perjalanan hari di antara kata yang bergelantungan tiada makna. Yang pasti kita berdua bertatap di atas meja dan gelas yang kau tata begitu rapi. Halus saat kau tersenyum, kemudian bercengkrama sepatah dua patah yang memutuskan segala kebisuan. Kudengarkan kau bercerita mengenai hujan, kadang kemarau, bahkan kau juga tidak pernah lupa dengan musim-musim yang sebenarnya kita belum pernah sekalipun mengunjunginya.

Maaf aku hanya bisa diam, menatap keceriaannya yang telah begitu lama tidak aku lihat kembali keberadaannya. Kau tahu, aku menganggapnya seperti makhluk yang langka, satu dua di antaranya bisa kuhitung jejak kepunahan setiap tahun ke tahun, bulan ke bulan, bahkan hari ke hari, yang pada akhirnya makhluk itu pun kemudian perlahan binasa, menghilang tiada satu orang yang memperdulikan. Lantaran mereka juga tahu bahwa kau bukanlah siapa-siapa.

Dengan segala warna-warna indah yang memesona, Selendria telah menumpahkannya kembali ke dalam penghidupanku yang tiada arti. Terimakasih, dan kuharap kita akan berjumpa di kehidupan-kehidupan dunia baru yang tak lagi sama.

Sampai Jumpa di Surga Nanti

Ja_ana

Dor!
Dor!
Dor!

Suara tembakan pistol saling bersahutan dan pedang yang saling diadu terdengar menggema memekakkan telinga di sebuah gudang tua yang terletak di kawasan New York. Banyaknya tetesan darah segar dan mayat dengan luka-luka yang tertoreh di seluruh tubuhnya membuat bau amis begitu menyeruak.

Selain itu juga terdapat dua kelompok yang terus bertarung tidak peduli dengan luka yang mereka dapatkan dan tidak peduli juga dengan mayat-mayat yang sudah tidak bernyawa itu.

Black Wolf, sebuah kelompok mafia yang memiliki markas di kawasan New York itu menyerang habis-habisan kelompok mafia Grevantas. Pasalnya perbuatan kelompok Grevantas sudah sangat kelewatan, mereka sudah melakukan tindakan pemerkosaan, pembunuhan, perampokan bukan hanya dikawasan Amerika saja, tapi lebih dari itu, perbuatan bejat yang mereka lakukan sudah merambah hingga kawasan Asia dan tentu saja membuat ketua mafia Black Wolf sangat marah.

"Sekali lagi gue peringatkan sama lu, apapun yang lu lakukan akan gue balas dengan lebih menyakitkan lagi. Untuk itu lu harus menghentikan tindakan lu, sebelum gue benar-benar menghancurkan semua kejahatan yang sudah lu lakukan," ancam sang ketua Black Wolf, Deevan Alexandre, lelaki perawakan tinggi yang berusia sekitar 27 tahun, tapi siapa sangka ia sudah memiliki seorang kekasih. Deevan berencana akan melamar kekasihnya di waktu yang tepat.

Wajah blasteran, hidung mancung, bibir tebal, dan rahang kokoh menjadi ciri khas tersendiri bagi seorang Deevan Alexander.

Alasan ia membentuk kelompok mafia karena ia ingin membasmi segala kejahatan yang ada, karena ia sudah muak dengan pemerintah yang hanya mementingkan uang.

"Lihat lu sekarang. Kemampuan anak buah lu pada lemah, baru segitu aja udah pada mati semua bagaimana jika gue yang ajak lu perang? Mungkin baru lima menit serang, lu dan anak buah lu mati semua."

"Lu jangan pernah bermimpi jika suatu saat nanti lu akan merasakan kemenangan, karena suatu saat nanti gue akan membuat kemenangan itu menjadi suatu kesengsaraan yang akan lu sesali seumur hidup lu," ucap sombong sang ketua Grevantas, Damian Marley.

Ucapan Damian tidak dihiraukan oleh Devan, justru lelaki itu pergi mengajak seluruh anggotanya untuk meninggalkan gudang tua yang sudah porak poranda itu.

"Damn it."

***

"Sayang, kamu ke mana saja? Aku kangen sama kamu," rengek seorang wanita manja.

Clarissa Barsha, seorang wanita berusia 25 tahun dengan tubuh mungil, lekukan tubuh yang proporsional, wajah yang cantik. Siapa yang tidak mengenal seorang Clarissa Barsha? Seorang artis yang bahkan seluruh dunia mengenalnya. Memiliki kekasih seperti Deevan Alexander membuat hidup Clarissa sangat beruntung.

"Aku lagi di jalan, Sebentar lagi aku pulang. Kenapa? Kamu kangen ya, sama aku," goda Deevan sambil menaikkan sebelah alisnya. Padahal mereka sedang bertelepon, tapi hal itu sudah menjadi kebiasaan tersendiri bagi Deevan.

"Iya, aku kangen sama kamu. Sebentar lagi aku mau ke Paris karena aku memiliki pekerjaan di sana, aku ingin kita menghabiskan waktu sebelum aku berangkat."

"Iya sayang, aku ke sana sekarang. Kamu *pengen* nitip beli sesuatu, nggak?" tawar Deevan berusaha membujuk Clarissa yang merajuk.

"Aku pengen seblak, kamu *cariin,* ya."

What, seblak? Ini New York bukan Indonesia, di mana Deevan akan mencari makanan itu. Deevan hanya bisa membatin, takut kekasihnya akan mendengar gerutuan sang ketua Mafia.

"I... Iya aku cari dulu ya sayang."

***

Sesuai hari yang dijanjikan, hari ini Deevan mengantarkan Clarissa hingga ke bandara.

Sebenarnya Deevan berat meninggalkan Clarissa seorang diri di negeri orang. Apalagi jarak antara New York dengan Paris itu sangat jauh.

Tapi mau bagaimana lagi, ini mimpi Clarissa sejak lama. Ia ingin menjadi sosok yang dikenal oleh seluruh dunia, agar tidak ada lagi yang menghina kedua orang tua nya. Dan tentu saja apa yang Clarissa lakukan sangat didukung oleh Deevan.

"Kamu hati-hati di sana, komunikasi antara kita jangan putus. Kalau ada apa-apa kamu tekan saja tombol yang ada di pinggir kasur kamu di sana karena aku sudah menyiapkan segala kebutuhan kamu. Kalau kamu merasa kesepian genggam kalung ini dan sebut nama aku berulang kali, dan aku akan datang ke mimpi kamu," nasihat Deevan panjang lebar sambil menyerahkan sebuah kalung berbentuk hati.

Kalung yang sangat sederhana, tapi siapa sangka jika harga kalung itu sangat fantastis karena fitur-fitur dalam kalung itu dapat memutarkan sebuah video yang telah Deevan setel. Selain itu, pada kalung itu juga terdapat chip jika Deevan ingin mengetahui di mana posisi Clarissa.

"Kamu juga, jaga diri kamu baik-baik. Di luar sana masih banyak yang membutuhkan bantuan kamu dan anggota kamu. Apa pun yang kamu lakukan selagi itu baik aku akan berdiri paling depan untuk mendukung kamu."

Setelah itu mereka saling berpelukan sebelum mereka menjalankan sebuah hubungan jarak jauh atau *Long Distance Relationship (LDR).*

***

Hari berganti minggu, minggu berganti bulan, dan bulan berganti tahun.

Sudah tiga tahun semenjak Deevan melepas kepergian Clarissa, tapi belum satu kali pun Clarissa menghubungi Deevan. Hal itu yang membuat hati Deevan menjadi resah.

"Kamu di mana, sayang? Kenapa nggak pernah bisa aku hubungi? Kenapa kalung yang aku berikan nggak pernah kamu pakai? Aku rindu, aku rindu kamu, aku rindu senyum kamu, aku rindu ngambek kamu, aku rindu sikap manja kamu," desah Deevan frustasi. Tanpa sadar setetes air bening keluar di kelopak mata tajam Deevan.

Deevan sudah berusaha mencari keberadaan Clarissa. Dia juga sudah mengerahkan seluruh anggota Black Wolf untuk mencari keberadaan Clarissa, tapi nihil. Clarissa seperti hilang ditelan bumi.

Karena dihantui oleh rasa cemas, Deevan memutuskan untuk menyusul Clarissa ke Paris. Deevan ingin memastikan bahwa kekasihnya baik-baik saja.

***

Di sinilah Deevan berada, salah satu kamar dalam apartemen mewah yang berdekatan dengan menara Eiffel tampak sepi, justru terlihat tidak pernah terurus.

Ke mana Clarissa-nya?

Sebuah pertanyaan muncul di benak Deevan. Apartemen itu apartemen Deevan beli agar kekasihnya tidak perlu mencari tempat lagi. *Tapi kenapa apartemen itu tidak pernah terurus?*

Deevan semakin panik, ia coba hubungi Clarissa kembali tapi nihil, Clarissa tidak menjawab, Deevan lihat lagi pada kontak WhatsApp Clarissa, kapan gadisnya itu aktif.

28 Maret 2018

Tanggal itu, pada tanggal itu Clarissa pamit pada Deevan karena sebuah pekerjaan di Paris.

Tiba-tiba saja stimulus otak Deevan berjalan pada tiga tahun lalu. Saat itu dia berhadapan dengan kelompok Mafia Grevantas, Deevan teringat akan ucapan Damian.

Dengan amarah yang memuncak, Deevan mencoba menghubungi Damian. Setelah menunggu beberapa saat akhirnya panggilannya tersambung.

"Di mana Clarissa?" Tanpa basa basi Deevan langsung membentak Damian.

"Ck ck ck. Masih ingat lu sama gue," gurau Damian, tapi tidak dihiraukan oleh Deevan.

"Damian Marley, di mana Clarissa?" dengan penuh penekanan di setiap kalimatnya, Deevan mengulang pertanyaan yang sama pada Damian.

"Kekasih lu, oh, atau teman tidur gue." Seringai licik terbit di bibir tebal Damian. "Lu harus ingat perkataan gue tiga tahun yang lalu, kalau suatu saat gue akan membuat kemenangan itu menjadi suatu kesengsaraan yang akan lu sesali seumur hidup lu. Oh, lu nggak usah khawatir karena Clarissa aman sama gue, sekarang Clarissa gue sekap di tempat lu bunuh semua anggota gue tiga tahun yang lalu."

Kemarahan Deevan semakin memuncak dan tanpa aba-aba lagi Deevan mematikan sambungan teleponnya. Deevan harus segera kembali ke New York untuk menyelamatkan kekasihnya.

***

Gudang tua itu menjadi saksi bisu pertarungan Black Wolf dengan Grevantas, dan di gedung tua ini juga menjadi saksi bisu penyiksaan demi penyiksaan yang Clarissa terima, Deevan dapat melihat tubuh Clarissa kurus kering meninggalkan banyak luka di sekujur tubuhnya. Selain itu juga, Deevan harus menerima jika tubuhnya harus menjadi bulan-bulanan anak buah Grevantas. Ia terima itu semua asalkan kekasihnya dapat dibebaskan.

Pukulan, tendangan, tamparan sudah Devaan terima hingga akhirnya Deevan sudah tidak sanggup menopang tubuhnya, ia tergeletak di lantai yang dingin.

Tenggorokan Clarissa terasa tercekat, ia tidak bisa berteriak atau mengeluarkan sepatah kata pun, hingga akhirnya mata sayunya mengangkap sebuah pistol yang mengarah ke tubuh Deevan yang sudah tergeletak tidak berdaya hingga akhirnya Clarissa berusaha sekuat tenaga melindungi tubuh kekasihnya itu dan—

Dor!

Satu tembakan melayang mulus pada dada Clarissa, Clarissa berusaha agar Deevan tidak terluka lebih dalam lagi biarlah ia yang berkorban demi kekasih yang sangat Clarissa cintai.

Darah segar mulai mengucur deras di sekujur tubuh Clarissa hingga membasahi lantai. Kesadaran Deevan perlahan mulai pulih dengan segera ia merengkuh tubuh mungil yang penuh luka itu.

Damian?

Lelaki itulah pelakunya, dan dengan santainya ia bersama anak buahnya meninggalkan gedung tua itu.

"Risa... Bangun Risa, jangan tinggalkan aku." Deevan berusaha sekuat tenaga menyadarkan Clarissa.

Mengapa harus Clarissa yang menanggung segala perbuatannya dahulu? Mengapa tidak dirinya saja yang mati, Clarissa tidak bersalah.

"Ma... Maaf."

"Ma... Maaf aku belum bisa menjadi kekasih yang baik untuk kamu. Maaf, aku belum bisa menjaga diri aku baik-baik, maaf...," ucapan Clarissa terhenti lantaran langsung dipotong oleh Deevan.

“Kamu nggak bersalah, aku yang bersalah di sini, aku nggak bisa menjaga kamu dengan baik. Aku bukan kekasih yang baik untuk kamu. Karena perbuatanku dulu kamu harus menanggung semua beban ini. Aku cinta kamu, aku ingin menikahi kamu, untuk itu aku mohon kamu bertahan. Aku akan cari bantuan.”

“Nggak usah. Aku mohon kamu temani aku di sini, setidaknya untuk yang terakhir kalinya. Aku rindu senyuman kamu, aku rindu ketika kamu menggoda aku. Aku rindu ketika kamu memanjakan aku. Aku mohon untuk yang terakhir kali, berikan aku senyuman agar aku bisa pergi dengan tenang, dan aku mohon agar tidak ada tangisan dari mata kamu mengiringi kematianku.”

“Pergilah jika itu membuatmu tidak merasakan sakit lagi. Tunggu aku di surga sana dan sampaikan pada Tuhan bahwa aku sangat, sangat mencintai kamu.”

Devaan mengecup kening Clarissa cukup lama diiringi dengan senyuman tulusnya, berusaha sekuat tenaga agar air matanya tidak jatuh.

Perlahan mata Clarissa menutup dan napasnya mulai tidak terasa lagi. Clarissa telah pergi menghadap Tuhan untuk selama-lamanya.

Air mata yang sudah Deevan tahan akhirnya lolos juga. Dengan sisa-sisa tenaganya, Deevan merengkuh tubuh itu untuk yang terakhir kalinya. Clarissa-nya tidak perlu merasakan sakit lagi karena kekejaman dunia, Clarissa-nya akan menjadi bidadari di surga karena memiliki hati yang sangat baik.

Lima tahun kemudian.

Kehidupan Deevan perlahan namun pasti berangsur membaik, kelompok Grevantas sudah Deevan atasi bersama anggotanya sedangkan gudang tua itu tetap Deevan pertahankan, ia ingin segala kenangannya bersama Clarissa tidak akan terhapus.

Untuk saat ini Deevan memutuskan untuk tidak menikah, Deevan trauma dengan kejadian lima tahun silam, selain itu nama Clarissa selalu tertulis di hati Deevan.

"Selamat pagi, Sayang. Bagaimana kabarmu? Pasti baik, ya? Aku kangen sama kamu. Kenapa kamu nggak pernah lagi datang ke mimpiku? aku rindu kamu."

Sebuah batu nisan tertulis nama Clarissa Barsha, setiap pagi Deevan selalu berkunjung ke makam sang kekasih sekadar menyapa atau curhat agar Clarissa nya tidak merasa kesepian.

Deevan kadang merasa hidup yang dijalaninya tidak adil, tapi ia sudah belajar menerima segala keadaan yang ada, hingga akhirnya Deevan yakin bahwa Tuhan itu maha adil, tidak ada yang Tuhan bandingkan dalam kehidupan kita. Di setiap kehidupan pasti ada kematian. Di setiap tawa ada tangisan. Kehidupan seperti roda yang berputar, kadang kita akan berada di posisi teratas kadang juga di bawah. Untuk itu kita janganlah sombong terhadap sesuatu yang kita gapai, karena itu semua hanya titipan dan suatu saat nanti akan kembali lagi ke pencipta kita.

Melepas Rindu

Conio.co

Marsha Aluna Jaya Aiden, nama yang bagus menurutku. Lalu apa panggilan yang orang-orang gunakan untukku? Marsha? Luna? Caca? Bukan semuanya!

"Mars!" Teriak seorang pria yang lalu melambaikan tangannya padaku. Aku membalas lambaian tangannya dan dia langsung menghampiriku yang sedang duduk di dalam sebuah *coffeshop*.

Mars? Ya Mars! Orang memanggilku dengan sebutan planet. Dulu aku tak suka karena banyak yang mengejek namaku itu. Aku selalu merengek pada kedua orang tuaku untuk mengganti nama panggilan itu. Mereka menolak.

"Sayang, ada apa kau memanggilku kemari?" tanya pria yang sekarang sudah berada di hadapanku. Aku mengulas senyum saat dia bertanya.

Tanganku menggenggam kedua tangannya. Tak ingin rasanya aku melepaskan tangan kokoh ini.

Dia menatapku dengan senyum yang kurindukan selama lima tahun terakhir. Senyum sendu tapi menenangkan senyum tipis namun terkesan ceria.

Sungguh hatiku meringis saat tahu kenyataan bahwa senyum itu tercipta tidak karena diriku.

Bumi Raksa Alandra. Saat kecil dia selalu mengejekku, tapi dia juga yang selalu membuatku tersenyum jika aku menangis karena orang lain mengejek namaku.

"Mars dan Bumi itu tetangga. Jadi kita akan selalu berdekatan."

Itu katanya dulu.

Benar. Namanya juga nama planet. Aku tersenyum menahan tawa saat tahu perlakuannya dulu padaku. Dia selalu mengejekku tapi tak ada orang lain yang boleh mengejekku selain olehnya.

"Sayang."

Aku menatapnya. Dia terheran sendirian.

"Sayang?" serunya kembali.

Aku belum ingin memulai kata saat ini. "Tunggu sebentar Kak." Aku kembali tersenyum padanya.

Dia mengelus tanganku lembut yang sedari tadi tak lepas dari sebelah tangannya.

"Kak, apa kau ingin pergi?" Suaraku serak menahan tangis. Tak rela rasanya jika orang yang kusayang akan benar pergi. Bagaimana kutahu meskipun dia belum menjawabnya?

Dia teman kecilku. Usiaku terpaut 2 tahun dengannya.

Dia seperti kakakku. Menjagaku membuatku tersenyum, terasa nyaman.

Benar kata orang, tak ada pertemanan yang murni antara laki-laki dan perempuan.

Saat remaja adalah saat yang penuh warna. Begitu pula denganku. Hingga aku perlahan menyukainya. Aku tak rela jika dia harus bersama yang lain. Dulu saat dia mencoba menggodaku dengan gombalan receh khasnya aku selalu menganggapnya angin lalu.

Hingga saat seorang gadis belia nan manis itu datang dalam kehidupan Bumi, Angkasa bahkan Langit.

Rasanya tak adil jika dia sudah mendapatkan Angkasa dengan menyakiti Bumi. Tapi masih berharap pada Bumi.

Dulu pikiranku hanya sampai disitu.

Sampai aku tersadar bukan karena kasihan kepada salah satunya ataupun iba. Mungkin bukan itu yang seharusnya terucap dari bibirku saat itu, tapi.

Rasanya tak adil jika dia mendapat kakakku Angkasa tapi masih tetap bersama Bumi. Karena Bumi milikku. Jika dia sudah mendapat Angkasa seharusnya Bumi milikku.

Hingga kisah rumit itu berakhir dengan perginya gadis nan manis itu. *Aster*. Nama gadis itu tak pernah hilang meskipun dia hilang bak ditelan bumi.

Dia pergi menghentikan kisahnya. Tapi bukan hanya kisahnya yang terhenti saat dia pergi. Namun dia pergi membawa senyum dari kekasihku saat ini.

Senyum Bumi dulu yang selalu terkesan ceria hilang bersama dengan hilangnya seorang Aster. Aku mendekati dirinya mencoba membuatnya kembali tersenyum.

"Sayang, kau sedang memikirkan apa? Dan apa maksudmu bertanya apa aku akan pergi?" curiga Bumi saat aku tak juga angkat bicara.

Hanya senyum yang dapat kusampaikan.

Tak terucap apapun lagi, pertemuan kali ini sama seperti sebelumnya. Berakhir sia-sia!

***

Seminggu berlalu setelah pertemuan tanpa kata itu. Hari ini adalah ulang tahun kakak sambungku. Aku akan pastikan dia datang.

Ragu. Itu yang sekarang aku rasakan.

Di sebuah *ballroom* hotel mewah di kotaku. Acara ulang tahun yang diadakan untuk kakak sambungku berlangsung meriah. Aku hadir bersama dengan Bumi, mengucap selamat dan memberikan hadiah untuk Aisha.

"Terima kasih. Bumi apa kau mau bernyanyi untukku?" Pinta Aisha pada kekasihku itu. Bumi melirik padaku seolah meminta izin. Aku tersenyum disertai dengan anggukan.

Bumi dia suka bernyanyi suaranya merdu, dulu dia suka bernyanyi di kafe. Namun lagi-lagi dia berhenti hanya karena gadis itu.

Acara selesai tanpa ada masalah. Keluargaku pulang menggunakan kendaraan mereka masing-masing. Aku pulang bersama Bumi.

Sepanjang perjalanan dia terdiam. Aku tahu alasannya, apa? Gadis itu! Dia kembali.

"Kenapa kau tak menemuinya?" Aku memulai pembicaraan. Dia tak bergeming. Matanya tak berhenti menatap jalanan. Mobil kami memasuki sebuah resto bertuliskan Rakala Corner.

Tangannya menuntunku menaiki anak tangga menuju *rooftop*, interior *vintage* berpadu dengan nuansa alam. Suasana yang menenangkan.

"Tempat ini adalah saksi bisu, saat dia mengembalikan hatiku dan senyum yang kau rindukan itu. Tapi aku menolak." Tanpa diduga, Bumi mengatakannya.

Aku tahu Bumi orang yang peka, mungkin saat tadi aku bertanya dia sudah tahu ke mana arahnya.

"Kau tahu hal itu, Mars. Kau sendiri yang menerima diriku. Kau juga tahu bagaimana usahaku melupakannya. Kau tahu bagaimana aku berusaha memberikan senyum yang sama seperti dulu hanya untukmu."

Suaranya parau. Apakah aku menyakitinya?

"Maafkan aku." Tak terasa bulir air menetes di salah satu pipiku, lalu menyusul di pipi yang satunya.

"Kau sudah bertemu dengannya, bukan?"

Dia menunduk, menyeka air matanya.

"Maafkan aku, Mars."

Tanganku sekarang telah berada di dalam genggaman tangan kokohnya.

"Pergilah, Kak. Bukan hanya kau yang sedang kembali berjuang untukknya saat ini. Tapi mungkin kakakku juga. Dulu kau melepasnya karena mengira dia akan bahagia dengan orang lain, bukan? Kakakku menyakitinya dulu. Sungguh berbeda denganmu." Tak pernah terbayangkan jika aku sendiri yang akan menyuruh kekasihku untuk pergi dan memperjuangkan kembali cintanya yang dulu. Cintanya yang direnggut secara paksa karena keadaan.

"Kak, aku akan selalu merindukanmu. Apalagi senyummu itu. Tapi saat bersamaku kau tak pernah tersenyum seperti saat kau bersama dengannya." Aku melepaskan tanganku dari genggamannya.

"Beberapa waktu lalu, aku melihatmu tersenyum indah, Kak. Kupikir aku yang membuatmu tersenyum. Tapi ternyata aku salah."

Matanya tak lepas menatapku.

"Kau tersenyum karena dia kembali. Pergilah sebelum aku berubah pikiran, Kak."

Dia masih menatapku, aku mengangguk meyakinkan dia kembali.

Aku berdiri, dia merengkuh tubuhku, memeluknya erat. Entah apa yang dirasakannya saat ini. Tapi aku bisa merasakan napasnya tak beraturan.

"Maafkan aku Mars. Maaf karena telah mengecewakanmu dan aku tak bisa memberikan hati bahkan senyumku untukmu, Mars."

Aku melepas pelukannya. "Kak, saat kau tersenyum saat itu. Rinduku terbayar lunas. Karena aku tahu, aku tak akan pernah bisa melihat senyum indah itu jika aku tak melepasmu. Pergilah, Kak. Biarkan kita seperti planet. Sedekat apapun Bumi dan Mars, kenyataannya mereka tak bisa bersatu."

Dia terkekeh, sembari menatapku.

"Darimana kau belajar kata-kata seperti itu? Kau terlalu kecil Mars, bicaralah seperti anak kecil. Dan Mars kau benar, Bumi dan Mars tak akan bisa bersatu. Tapi seperti Mars yang menjadi yang terdekat dengan Bumi, jangan pernah menjauh dariku, Mars. Biarkan takdir yang menuntun kita untuk pergi."

Hari itu, menjadi saksi saat aku melepasnya dan segala rinduku. Sekarang tak ada alasan lagi untuk menunggu senyum itu.

Rindu bukan semuanya tentang jarak atau tak bertemu. Aku belajar dari Bumi, dia rindu paling berat untukku. Saat dia bersamaku, tapi hatinya tidak. Bahkan seutas senyum utuh pun tak pernah ia beri.

Dan terkadang cara mengobatinya tidak hanya dengan bertemu, namun melepasnya adalah caraku untuk mengobati rinduku.

Merindu

Ribka Stevany

Kehilangan seseorang yang disayang, kata ini terlihat sudah biasa untuk kehilangan orang tua, pacar atau mungkin saudara. Tapi kali ini berbeda, aku kehilangan seorang sahabat.

Dia sahabatku, dia telah pergi meninggalkanku seorang diri.

Pergi dari dunia yang berbeda, alam yang berbeda. Dia meninggalkanku dengan luka yang tertanam di hati.

A-aku kehilangan seorang sahabat. Rasanya sangat sakit dan itu sangat menyiksaku. Luka itu tak berdarah, luka itu juga tidak terlihat karena letaknya jauh di sana. Di lubuk hati.

Saat ini dia sudah pergi meninggalkan dunia ini. Bukan sementara, tapi selamanya.

Saat aku mendengar kabar berita bahwa dirimu telah tiada dan meninggalkan aku seorang diri, hatiku hancur, sangat sakit. Duniaku seakan runtuh dan rasanya aku ingin sekali menyusulmu. Tapi itu tak mungkin kulakukan. Aku menangis, menangisimu sepanjang malam.

Aku sangat rapuh, tapi kepada siapa aku bersandar dan menumpahkan segala kesedihan hati ini? Tak ada, tak ada orang yang mengerti aku.

Seseorang tolong aku.

Tolong tenangkan aku.

Tolong peluk aku.

Tapi tak ada seorang pun yang menenangkanku.

Aku melihat tubuhnya sudah tergeletak, tak bergerak. Badannya kaku, bibirnya pucat dan jiwanya sudah pergi ke alam yang lain, alam yang berbeda denganku.

Saat orang mengelilinginya untuk membacakan surah Yasin, aku tak sanggup melihatnya, tapi aku harus membacakannya surah itu. Aku ingin dia tenang dan bahagia di alam yang baru.

Dia dikuburkan. Aku melihat dia dikuburkan. Aku tidak menangis karena aku sadar, jika aku menangis dia akan sedih. Aku harus ikhlas agar dia bahagia di sana.

Itu sangat jelas didalam ingatanku, dan itu tidak akan pernah terlupakan olehku.

***

Hari pun berlalu. Tak terasa sudah dua tahun dia meninggalkanku dan aku hidup tanpanya. Aku juga sudah ikhlas, tapi tak dipungkiri aku masih sering menangis jika mengingatnya.

Aku mulai melanjutkan hidupku.

Jika aku merindukannya, aku akan menangis dan membacakan doa untuknya.

Kadangkala aku berpikir, kenapa Tuhan terlalu cepat mengambilnya? Apa dia bahagia di sana? Oh, aku baru tersadar, Tuhan sayang kepadanya, agar dia tak merasa sakit, maka Tuhan mengambilnya dari sisiku.

Kadang aku mengingat kata-kata yang ia ucapkan yang ternyata itu adalah kata-kata terakhir nya untukku.

Suatu hari saat di sekolah, dia selalu mengatakan pulang, pulang dan ingin pulang. Aku tak menyangka, ternyata saat itu dia akan menjemput ajalnya dan ia akan pulang untuk selamanya.

Kata 'pulang' yang ia ucapkan ternyata 'pulang' dalam artian "Pulang ke pangkuan illahi". Sedangkan pulang yang aku maksud adalah pulang ke rumah masing-masing.

Setelah pulang sekolah kami akan selalu bercerita hal-hal yang tidak penting dan konyol. Tapi itu sangat berkesan.

Semua itu hanya tinggal kenangan, kenangan yang akan aku ingat selamanya.

***

Sepenggal cerita kami sebelum dia 'pulang'.

"Ra, kita jalan, yuk. Nonton bioskop mungkin." Yura.

"Kuy, lah, gaskeun. Gue juga bosan, nih," Syakira (aku). 'Sebenarnya aku sangat malas untuk pergi, tapi demi kebahagiaan kamu aku rela Ra, aku bahagia melihat kamu tersenyum. Semoga penyakit kamu segera pergi,' batinku.

"Yuk, siap-siap." Sambil berlalu di hadapanku.

Setelah berganti pakaian, aku dan Yura berangkat menuju mal. Jarak mal dari rumahku tidaklah jauh, kira-kira 5-10 menit sampai. Kami berangkat dengan *busway*. Selain hemat ongkos, kami juga tidak bisa mengendarai sepeda motor atau pun mobil.

Di mal

"Kira, lu *udah* makan belum? Makan dulu, yuk. Itu, kafe yang itu kayanya enak-enak, deh, makanannya," sambil menunjuk salah satu kafe yang ada di mal.

"Ayolah gas langsung, gue lapar banget nih, he he. Kita kan sama-sama belum makan dari pagi," ucapku seraya menarik tangannya menuju ke kafe yang tadi ia tunjuk.

Setelah makan siang, aku dan Yura langsung menuju bioskop.

"Eh Yur, gue dengar-dengar hari ini bakal tayang film romantis yang bagus banget."

"Ah, gue *udah* tahu kali, Ra. Karena itu gue *ngajak* lu *nonton*," ucap Yura dengan datar.

"Yee, lu *iyain aja kek* tadi biar gue senang," kesalku.

"Udah sana, jangan sok ngambek lu. Mending *beliin popcorn* sama minuman, biar gue yang antre tiket."

Yura mendorongku agar cepat mengantre.

"Iya-iya, ih. Jangan dorong-dorong, dong. Kalau gue jatuh, lu ikutan jatuh gara-gara gue tarik."

"Hilih."

Di dalam bioskop

"Ih gila, cowoknya ganteng banget, Kira. Gue jadi pengen gigit," gemas Yura.

"Ah, lu Yur. Giliran *liat* yang bening-bening *aja* matanya berbinar-binar," kataku.

"Ah, lu *mah* sirik sama gue. Iya kan, lu sirik," sambil menoel-noel pipiku.

"Kalau masih mah, gue *temenin*, jangan pegang pipi gue."

"*Acieee* ..., ayang Kira ngambek, cieee..."

"Diam nggak?"

"Iya-iya, ish!"

Setelah 30 menit menonton, ternyata ada adegan di mana si cowok meninggal demi menyelamatkan pacarnya. Menurutku itu sangat *lebay* sekali, karena si cewek tak berhenti menangis sampai si cowok di mandikan dan dimakamkan. Semua penonton menangis, termasuk Yura yang ada di sampingku. Tapi aku merasa biasa saja. Mungkin aku merasa begitu karena belum pernah merasakan kehilangan orang yang kita sayang.

"Ih, *lebay* lu, Yur. Pakai *nangis* segala," kataku karena Yura tak henti-hentinya mengusap air mata.

"Diam lu, lu nggak *tahu,* sih, *gimana* rasanya ditinggal mati," ucapnya sambil melirikku kesal.

"*Iyain*. Gue nggak akan sedih ko,k kalau ditinggal sama orang terdekat gue. Gue pasti ikhlas dan bisa *lupain* mereka dalam sekejap."

"*Ngalah* deh, gue."

Kami langsung pulang setelah filmnya selesai.

Di rumah Syakira

"Huh, filmnya tadi menguras air mata banget ya, Kir?"

"Apaan, biasa aja kok, menurut gue."

"Lu bisa nggak sih, sekali-kali gitu *nyenengin* gue. Ah, lu *mah*, nggak asyik, *nyela mulu*."

"Yah ... malah ngambek."

Hari sudah malam. Ini hari kedua Yura menginap di rumahku.

Katanya sih mau kangen-kangenan karena sebentar lagi dia akan pergi. Saat itu aku pikir dia akan pergi ke luar negeri, karena biasanya dia akan jalan-jalan bersama keluarganya saat liburan.

Kini kami sedang makan malam bersama ibuku. Kami hanya bertiga karena ayah pergi tak tahu ke mana, dan aku tak punya saudara.

"Yura, makannya yang banyak, ya," kata ibuku sambil menambahkan nasi ke piringnya yang terlihat sudah kosong.

"Eh ibu, Yura udah kenyang, deh. Serius. Kasih Kira *aja* bu. Lihat tuh, badan Kira kurus banget *kayak* kambing di peternakan ayah yang lagi sakit. Ha ha ha."

Yura dan ibu tertawa sementara aku menatap Yura kesal.

"Kampret lu, Yur. Lu-nya *aja nih,* yang kegemukan. Gue *mah,* ideal!" Aku berdiri dari kursi lalu memegang pinggangku seperti orang sedang memamerkan *body*.

"Heh, itu *mah*, kelewat kurus, bukan ideal. Iya kan, Bu? Ha ha ha ..." lalu tawa mereka berdua kembali memenuhi ruang makan malam itu.

***

Keesokan harinya.

Tadi siang Yura sudah pulang dijemput oleh kakaknya. Sekarang aku hanya sendirian di rumah karena ibu pergi ke toko rotinya.

Setelah tiga hari lamanya kami tidak bertemu. Hari ini kami kembali masuk sekolah. Hari terakhir di mana aku dan Yura bersama.

Di sekolah

"Yura!" teriakku.

"Kira!" dibalasnya dengan teriak juga sambil berlari mendekatiku.

"Bulan ini lu jalan-jalan ke mana?" tanyaku.

"Ke Surabaya aja, sih. Ke rumah Eyang," jawabnya.

"Oh, aku kira keluar."

"Nggak, Eyang kangen katanya. Makanya Ayah ngajak ke sana."

"Ya udah, deh. *Kuy* masuk kelas. Bel-nya *udah* bunyi."

Jam pelajaran pertama telah usai, kini aku dan Yura berada di kantin untuk mengisi perut yang sedari tadi sudah keroncongan. Sejak dari kantin sampai jam pelajaran kedua sudah usai. Yura tak henti-hentinya berkata, 'Kir, gue pengen pulang.'

'Kir, gue pengen cepat pulang'. Aku merasa biasa saja, karena aku berpikir pulang yang ia maksud adalah pulang ke rumah masing-masing.

Akhirnya jam pulang tiba. Aku dan Yura berjalan melewati lorong-lorong menuju gerbang sekolah. Kami berpisah di depan gerbang karena masing-masing supir kami sudah menjemput.

Biasanya kami akan mengobrol dulu sebelum pulang, tapi karena aku merasa lelah dan juga supir sudah menjemput akhirnya kami pulang tanpa mengobrol hal konyol seperti biasanya.

Sesampai di rumah, aku langsung mengganti pakaian, mencuci muka lalu makan siang untuk yang kedua kalinya.

Setelah 15 menit aku berkutat dengan piring+nasi, akhirnya aku menuntaskan acara makan siangku.

Saat aku ingin mengantar piring bekas makanku ke wastafel, ponselku yang ada di atas meja berdering menandakan ada yang menelepon.

PRAAANG!

Piring yang aku pegang seketika pecah karena terjatuh dari tanganku.

Tubuhku bergetar hebat.

Berita apa ini? Apa maksudnya Yura telah tiada? Apa maksudnya semua ini?

Tapi aku yakin ini bukan *prank* karena yang menelepon adalah ibuku sendiri. Aku tak mampu menangis karena aku masih syok.

Ibu bertanya kepadaku, "Bunyi apa barusan?"

Bunyi yang dimaksud adalah bunyi piring yang pecah. Karena aku tak menyahut, ibu memutuskan panggilan telepon.

Sepuluh menit kemudian ibu sampai di rumah dan segera menghampiriku yang masih duduk di samping piring yang pecah tadi. Iya, aku belum beranjak dari situ sejak sepuluh menit yang lalu. Ibu mengajakku menukar pakaian lalu kami pergi ke rumah Yura untuk melayat.

Sungguh saat itu aku kaget sampai tak mampu mengeluarkan air mata. Saat melihat tubuh Yura sudah berbalut kain kafan, barulah air mataku mengalir deras. Ini bukan mimpi dan ini bukan *prank*. Aku berlari memeluk tubuh kaku itu lalu menangis sekencang-kencangnya.

Barulah aku tersadar bahwa beginilah rasanya kehilangan orang yang kita sayang ....

Itulah sepenggal ceritaku dengan Yura sebelum dia 'pulang' ke tempat yang ia maksud.

Kini dia sudah damai di alamnya.

Yura Asriandina
Lahir: 20 Agustus 2000
Wafat: 21 Juni 2018

~Seseorang yang merindukanmu
#Syakira Ashanty.

Sahabat Terakhir

JayDeeAm

Namaku Yessi Sabrina, seorang wisudawati 25 tahun yang bekerja di bengkel mobil usaha keluargaku sendiri yang bersebelahan dengan rumah. Aku menghabiskan sebagian besar waktuku di bengkel, sisanya untuk kegiatan sehari-hari lainnya.

Sore ini, aku menyibukkan diri. Bukan urusan bengkel atau yang lain seperti biasanya, tetapi sedang sibuk memandangi sebuah pigura kecil yang tergantung di dalam kamar tidurku. Sebuah foto mobil *coupe* kecil berwarna merah yang terlihat seperti sedang tersenyum lebar kepadaku. Ya, sebuah Mazda MX-5 tahun keluaran 1995.

Dulunya mobil ini milikku, tetapi kami sudah tak bersama lagi. Aku memanggilnya Miata. Dia adalah mobil bekas yang aku beli pakai uang tabunganku sendiri. Tapi, dikarenakan sebuah situasi yang buruk, Miata terpaksa harus 'pergi', meninggalkan aku dalam situasi yang buruk pula, meski sebenarnya aku *amat sangat* tidak ingin menjualnya, karena aku sangat menyayanginya.

Aku masih teringat, tiga tahun yang lalu, hari itu hari Minggu. Bengkel keluargaku masih buka.

Tidak seperti biasanya, tidak ada pelanggan yang datang pada hari itu. Tidak satu pun. Padahal, biasanya bengkel ini selalu ramai. Kemudian aku menyadarinya.

"Ini pasti gara-gara efek pandemi," gumamku. Yup, waktu itu pandemi sempat melanda dunia. Ini memang benar-benar meresahkan. Semua harga barang-barang jadi serba mahal. Apalagi bensin. Inilah yang menyebabkan jarangnya kendaraan yang berlalu lalang di jalanan. Dan tentunya aku sangat takut dengan kondisi seperti ini, karena penderitaan ini terasa semakin memburuk dari hari ke hari.

"Nggak usah khawatir, Yessi. Aku yakin situasi seperti ini bisa kembali normal. Mungkin pemerintah bikin peraturan begini untuk sementara waktu saja, hanya untuk membayar utang-utang," kata adikku Gerald.

"Aku nggak tahu mau *ngomong* apa, tapi rasanya seperti makin lama makin memburuk, deh. Dari hari ke hari, aku bisa merasakannya," kataku.

"Lebih baik kamu bersabar saja karena semuanya perlu waktu, sama seperti kita *benerin* mobil-mobil pelanggan kita. Kamu 'kan kerja di bengkel, mestinya kamu paham situasi apapun yang mirip-mirip seperti kerjaanmu," kata Gerald, lalu meninggalkan aku sendirian di bengkel.

Adikku juga bekerja membantuku di bengkel ini. Kedua orang tua kami saat itu sedang bekerja dan ditugaskan di luar kota, jadi untuk sementara itu aku dan adikku yang '*handle*'-kan usaha mereka selama ini untuk menyokong kebutuhan sehari-hari. Ada dua pegawai di sini. Dulu, sebelum orang tuaku ditugaskan di luar kota dan sebelum pandemi melanda, kami sangat sibuk tapi juga bahagia karena usaha ini tergolong berhasil. Dari hasil itu, aku diizinkan oleh orang tuaku untuk membeli mobil sendiri. Dan aku memilih Miata.

Aku sangat mencintai mobilku. Tidak seperti adikku yang sering bergonta-ganti mobil. Berbagai macam mobil pernah dia miliki. Tetapi aku hanya tetap setia pada satu mobil merahku yang imut itu. Aku memasang beberapa *part* modifikasi pada Miata. Dari performa mesin dan perubahan '*look*'. Aku senang memilikinya. Aku menghabiskan setiap momen bersamanya. Aku pergi ke manapun dengannya. Menjelajahi setiap mil. Bahkan ke tempat yang paling dekat pun aku tetap pergi bersama Miata. Rasanya spesial sekali.

Aku memandang Miata. Aku masih tidak percaya dengan apa yang dikatakan adikku itu. "Masalahnya, kalau situasi seperti ini tetap berlangsung terlalu lama, usaha ini bisa-bisa bakal bangkrut."

"Gerald cuma *mikirin* waktu dan waktu, sabar dan sabar, dia lupa buat *mikirin gimana* akibatnya di suatu hari nanti," gumamku.

Seorang pelanggan akhirnya datang juga hari itu. Tapi keluhannya tidak terlalu buruk, hanya perbaikan kecil di bumper belakang.

Tiba-tiba, salah satu pegawaiku ingin *resign*. "Maaf, tapi situasi seperti ini nggak bisa bikin hidupku lebih baik. Aku harus cari pekerjaan lain," katanya. Suka ataupun tidak, kami harus membiarkannya pergi.

Sayangnya, keesokan harinya satu-satunya pegawai kami yang tersisa juga *resign* dengan alasan yang sama. Aku betul-betul kehabisan ide apa yang harus aku lakukan di hari berikutnya. Semuanya kacau.

Di malam hari, setelah kami menutup bengkel, aku menghampiri Gerald untuk diskusi yang serius.

"Ok, sekarang kita gak punya satu pun pegawai. Sekarang cuma kita berdua. Apa yang harus kita lakukan?" tanyaku sambil duduk di depan Gerald di ruang tamu.

"Kupikir kita tidak perlu mencari pegawai lagi. Karena aku tahu saat ini tidak akan ada orang yang mau melamar pekerjaan yang berhubungan dengan mobil. Kamu tahu sebabnya,"

"Jadi?"

"Kita tetap bertahan seperti ini, dalam situasi dan kondisi seperti ini."

"*Gimana* kita bisa bertahan begini? Seperti yang kamu tahu, investasi kita semakin berkurang. Aku bahkan nggak punya uang untuk mengatasi ini. Untung nggak ada mobil pelanggan yang *diem* lama di sini buat *dibenerin* dalam waktu yang lama juga."

"Iya, jadi kita harus menunggu. Hari yang cerah akan datang pada kita."

"Lagi? Nggak! Kamu cuma *mikirin* waktu dan kesabaran *aja*. Coba lihat sekarang. Kita sudah kehilangan pegawai terakhir kita. Satu-satunya. Dan sekarang pegawainya cuma tinggal kita berdua. Dua bersaudara."

"Dengar, aku tahu ini berat tapi apa yang bisa kita lakukan? Ini semua karena kebijakan pemerintah. Andaikan tidak ada pandemi, andaikan semua harga barang nggak naik, kehidupan kita akan tetap cemerlang."

Dan dari hari ke hari, benar-benar tidak ada pelanggan yang datang sama sekali. Aku merasa sia-sia untuk tetap membuka bengkel. Hingga suatu hari aku memutuskan untuk tidak membukanya lagi. Aku dan Gerald telah menjual beberapa *part* mobil yang tersedia di bengkel kami. Kami menutup total usaha kami. Gerald akhirnya menjual mobil terakhir yang dimilikinya. Tetapi aku tidak. Aku masih menyayangi Miata-ku. Ini adalah harta terakhir yang aku miliki.

"Lebih baik kamu jual sajalah, Yessi. Mobilmu lebih berharga dari mobilku," kata Gerald.

"Maka dari itu, karena lebih berharga, aku nggak mau jual. Ini tidak untuk dijual, tapi untuk dimiliki. Kamu tahu 'kan, aku beli ini pakai uangku sendiri?" ucapku dengan suara keras.

"Ya sudah, nggak apa-apa kamu nggak mau *dengerin* aku. Tapi kalau suatu hari kamu sudah bingung dan merasa kehilangan semuanya, jangan cari aku, ya," katanya.

Aku ingin menangis. Setiap kali aku melihat Miata-ku, kepalaku dikelilingi dengan apa yang Gerald ucapkan padaku.

Hingga suatu hari, posisiku serba salah. Aku pikir ada iblis yang telah membisikku untuk melepas Miata. Aku menyadari perekonomianku memburuk. Tidak ada lagi uang dalam dompetku. Hanya ada beberapa ribu saja di rekening bank milikku, dan itu tidak cukup untuk menyokong kehidupan sehari-hari kami dalam waktu yang lama.

Akhirnya dan amat disayangkan sekali, aku terpaksa harus menjual Miata, si kecil merah kesayanganku. Tetapi sebelum aku melepaskannya, aku memfotonya untuk terakhir kalinya.

"Maaf, pak, bolehkah saya memiliki waktu sebentar saja untuk terakhir kalinya?" tanyaku kepada Pak Syafiq, pemilik baru Miata-ku.

"Ya, boleh, silahkan," jawabnya. Kebetulan Pak Syafiq adalah salah satu teman dari orang tuaku. Meski begitu, aku merasa agak kurang akrab dengan beliau karena jarang bertemu.

Aku berbicara banyak dengan Miata. Aku menangis saat aku tahu itu adalah hari terakhir aku melihatnya. Bagi orang, Miata hanyalah sebuah mobil. Namun bagiku, ia lebih dari sekadar mobil. Dan aku tahu Miata takkan pernah berbicara padaku, tetapi aku tidak peduli. Aku memang sudah terbiasa bercakap dengan mobil.

“Selamat tinggal, Miata. Baik-baiklah dengan tuan barumu. Maaf aku terpaksa harus meninggalkanmu. Tetapi, aku tak akan pernah melupakan segalanya tentangmu. Aku sangat menyayangimu.”

Aku menangis sebelum meninggalkannya di rumah Pak Syafiq. Beliau orang yang selalu sibuk. Apalagi rumahnya di desa, jauh sekali dari rumahku, luar pulau juga. Kecil kemungkinan aku bisa berkunjung ke sini lagi hanya untuk bertemu Miata.

Dan sekarang, sudah tiga tahun lamanya aku tidak bertemu Miata. Senyumannya masih ada dalam foto-foto yang aku ambil dulu.

Pandemi telah lama lenyap dari dunia, dan orang tuaku sudah kembali pulang ke rumah ini. Kami membuka kembali bengkel kami. Tetapi aku tetap merindukan Miata. Semua momen bersama Miata kuabadikan dalam album, membuat video-video tentangnya, dan menggantung beberapa fotonya di dinding kamar tidurku. Terkadang aku menangis ketika mengingat Miata. Apalagi momen ketika aku harus melepaskannya pergi. Hingga saat ini aku masih belum berencana untuk men-cari pengganti Miata.

Dan hari ini, seperti biasanya, bengkel buka dan kami sibuk melayani segala macam masalah mobil milik para pelanggan. Kami sekarang ada tiga pegawai baru.

“Ini saya ngerasa ada bunyi krik-krik di sekitar ban depan. Mungkin suspensinya kali, ya. Coba tolong carikan kenapa ini, ya,” kata salah satu pelanggan itu padaku.

Tentu aku segera mencari masalahnya dan memperbaikinya.

Ketika aku sedang sibuk memperbaiki kaki-kaki mobil, aku mendengar ada mobil lain yang baru datang dan masuk. Aku hanya dapat mendengar suara knalpotnya dan melihatnya sekilas karena posisiku terhalang beberapa mobil pelanggan lainnya dan tetap melanjutkan pekerjaanku. Beberapa saat kemudian, tiba-tiba...

"YESSI! SINI SEBENTAR, CEPAT!" teriak Gerald. Tentu aku terkejut.

"Iya, ada apa, sih, Gerald," kataku sambil menghampiri Gerald. Dan apa yang aku temukan?

"MIATA!" jeritku.

Ya! Miata datang kembali setelah sekian lama tak di sini. Hasratku merasa ini betul-betul Miata, bukan Mazda MX-5 yang lain dengan tahun keluaran dan warna yang sama. Aku hafal sekali dengan Miata. Ada lecet dan penyok kecil di bumper depan kanan sejak aku memilikinya. Warnanya tetap merah, tidak berubah dan tidak pudar. Velg juga masih tetap. Tidak ada lagi ubahan lainnya kecuali plat nomor. Semua penampilannya tetap utuh seperti Miata yang aku miliki dulu. Aku juga semakin yakin itu si imut Miata karena ada Pak Syafiq dan anak lelakinya yang berdiri di samping Miata. Mereka memandangku ketika aku menjerit memanggil Miata.

Aku segera memeluk kap mesin Miata. "Miataaa! Aku kangen kamu banget," ucapku sambil menitikkan air mata.

"Wah, Yessi kangen si merah, ya, sampe nangis gitu," kata Pak Syafiq.

"Ya, tentu. Tiga tahun lebih, baru sekarang ketemu lagi," ucapku.

Beliau datang ke bengkel kami untuk memperbaiki masalah pada lampu *pop-up*-nya dan juga permasalahan pada *gearbox*. Sambil aku memperbaiki Miata (dan menunda mobil lain), kami bercakap-cakap. "Di desa kami sudah pada bangkrut yang punya usaha bengkel. Mungkin karena pelosok, ya. Kami juga gak begitu paham tentang mobil. Dengar-dengar bengkel milik keluargamu ini sudah buka kembali, kan. Jadi kami segera bawa saja ke sini. Sekalian temu kangen," terang Pak Syafiq.

"Iya, pak, benar. Mumpung belum terlambat itu. Kalau ada apa-apa, tinggal bawa saja ke sini. Kami siap, terutama Yessi, hehe," timpal Gerald sambil melirikku. Aku hanya tersenyum.

Langit mulai gelap. Ketika semua sudah beres, Pak Syafiq berpamitan pulang. Sebelum mereka bergegas masuk ke dalam Miata, aku mengambil beberapa foto dan video pada Miata. Persis seperti yang aku lakukan dulu. Aku tentu tidak ingin melewatkan kesempatan berharga ini. "Ya ampun, Miata, sebentar banget kamu di sini. Baru beberapa jam saja kita ketemu tiba-tiba kamu udah mau pulang. Aku bakal kangen kamu lagi, dong," ucapku sambil merekam video. Tanpa sadar mataku berkaca-kaca. Aku harap kesempatan ini datang bukan untuk yang terakhir kalinya. Dan aku harap suatu hari nanti aku bisa berkunjung ke rumah Pak Syafiq. Kalau beliau saja bisa ke sini, kenapa aku tidak?

Ketika mereka berangkat, aku tetap merekam Miata. Lampu belakangnya masih bersinar terang. Rekaman video tidak kuhentikan sampai ia tidak terlihat lagi oleh kamera ponselku.

"Semoga ini bukan yang terakhir kalinya kita bertemu. Aku berjanji akan menemuimu lagi suatu hari nanti. *Thank you for everything,* Miata. Aku selalu merindukanmu."

Rindu Ibu

Utiks

Hujan turun membasahi bumi sejak semalam. Rara menyusuri jalan aspal yang masih basah menuju ke pemakaman. Hari ini tepat seratus hari meninggalnya ibu tercinta. Rara harus merelakan kepergiannya, walau itu berat dirasakannya. Sejak semalam pikirannya selalu terbayang orang tua yang selalu mendampinginya tanpa lelah. Berjuang sendiri membesarkan anak-anaknya sampai menjadi orang sukses.

"Pergilah menuntut ilmu, Ibu akan membiayai sekolah sekuat tenaga Ibu, sayang."

Ucapan ibunya selalu terbayang membekas ketika Rara ingin melanjutkan studi di kota. "Tapi, Bu, kita tidak punya biaya untuk sekolah Rara," kata Rara yang mengetahui kondisi keuangan keluarganya. Dia masih mempunyai dua orang adik laki-laki yang masih sekolah.

"Kamu jangan pikirkan masalah biaya, kita pasti bisa melewati semua ini, sayang. Kamu harus menjadi contoh buat adik-adikmu kelak," ucap ibunya terus menguatkan hati Rara untuk tetap melanjutkan sekolahnya di kota.

Berbekal restu dari ibunya, Rara berangkat ke kota untuk melanjutkan belajarnya untuk menjadi seorang sarjana ekonomi. Selama di kota, Rara berusaha menghemat biaya hidupnya. Rara memberikan les tambahan secara *privat* dengan memasang brosur secara *online*. Uang kiriman dari ibunya dipakai tatkala membutuhkan tambahan untuk biaya kuliah per semester.

Hari itu tatkala Rara hendak masuk ke dalam kamar kosnya mendengar sseorang memanggil namanya.

“Rara? Benarkah ini Rara?”

Rara menoleh kearah suara, dan seorang ibu berdiri dengan membawa tas jinjing dalam keadaan basah kuyup. “Ibu! Ibu ada di sini? Ayo masuk ke dalam. Pasti ibu kedinginan.”

Rara dan ibunya masuk ke dalam kamar kos yang kecil itu. Ibu mengganti pakaian yang sudah basah terkena air hujan. “Minum teh hangat dulu, biar tidak masuk angin.”

Setelah meminum teh ibu mulai bicara pada putri sulungnya. “Rara ibu minta maaf tidak memberi kabar padamu kalau ibu mau datang. Untung saja tidak kesasar tadi mencari alamat kamu.”

Ibu menceritakan selain rindu dengan Rara ada hal yang lebih penting lagi. Biaya sekolah Rara sekarang ini akan berkurang karena pekerjaan ibu yang sudah tidak seperti dulu lagi. Rara hanya bisa tersenyum melihat wajah ibu yang tampak mencemaskan keadaan dirinya. “Ibu tidak perlu mencemaskan Rara, sekarang Rara sudah mendapat sedikit tambahan dari mengajar les privat.”

Tampak raut wajah ibu bersinar bahagia mendengar ucapan putrinya. “Syukurlah. Semoga saja bisa menutup biaya sekolah kamu, sayang. Maafkan Ibu.”

Sejak saat itu Rara menekan biaya hidupnya, bahkan berpindah ke tempat kos yang lebih kecil, walaupun lingkungannya tidak sebaik yang dulu pernah ia tempati. Selama menempuh kuliah, Rara selalu rajin membaca di perpustakaan kampus hingga ditawari untuk menjadi penjaga perpustakaan saat ada karyawan yang tidak masuk kerja.

Tiga tahun berlalu Rara melewati hidup di kota besar dengan tenang. Sekarang tinggal menunggu untuk menempuh skripsi. Berbekal dengan bacaan dari perpustakaan yang setiap hari dibaca, Rara mulai mengajukan bimbingan dengan dosennya.

"Rara kamu sekarang sudah bisa mengikuti bimbingan skripsi, tolong dicatat jadwal bimbingan agar tidak bentrok dengan jadwal kuliah." Kata seseorang yang selalu memperhatikan Rara yang sekarang menjabat sebagai asisten dosen pembimbingnya.

"Terimakasih, pak. Akan saya perhatikan jadwalnya," ucap Rara.

Semenjak hari itu Rara semakin rajin mengerjakan skripsinya, karena asisten dosen juga selalu mengingatkannya.

Saat bimbingan terdengar suara ponsel Rara bergetar ada panggilan masuk.

"Hallo, ini siapa?"

Terdengar suara seorang laki-laki muda dari seberang yang ternyata adik Rara. Setelah mendapat kabar dari adiknya, Rara segera menyelesaikan bimbingannya dan pamit pulang karena adikkya sekarang sudah berada di tempat kos sedang menunggunya.

"Kenapa tiba-tiba datang dik? Apa terjadi sesuatu di rumah?" tanya Rara kepada adiknya yang tidak biasa datang ke kos tanpa memberitahu terlebih dahulu. Apalagi jarak rumah dan kota cukup jauh, ditempuh hingga tiga jam lamanya.

"Ini kak, uang dari penjualan rumah untuk biaya sekolah kakak. Sekarang kita tinggal di rumah kecil, tapi dekat dengan tempat kerja ibu." Menangis Rara menerima uang dari adiknya untuk biaya kuliah yang tinggal sedikit lagi.

"Tapi Ibu sehat saja kan, Dik?" Adik Rara hanya menganggguk dan menunduk.

Ternyata uang itu adalah uang terakhir yang dapat ibu berikan untuk Rara menyelesaikan kuliahnya. Dan selama Rara studi ibunya tidak pernah memberitahukan tentang sakitnya. Demikian juga dengan adik-adiknya menyembunyikan semuanya dari Rara yang sedang fokus dengan ujian terakhirnya.

Ibu Rara mengidap penyakit jantung karena terlalu keras bekerja. Rumah besarnya dijual untuk biaya berobat dan sebagian untuk biaya sekolah Rara dan adik-adiknya. Ibu dan adik-adiknya membeli rumah yang sangat kecil di pinggiran, cukup untuk berteduh dan istirahat mereka.

Saat wisuda tiba, hanya adik laki-lakinya yang menghadiri, karena ibunya sedang sakit. "Maafkan Ibu tidak bisa menghadiri wisuda kamu, sayang."

Rara tidak mengeluh atau mempermasalahkan hal itu, karena sudah mengerti ibunya menjadi tulang punggung keluarga dan selalu menyayangi mereka.

Setelah mendapatkan ijasahnya Rara mencoba melamar pekerjaan di perusahaan kecil berbekal pengalaman selama mengajar les dan menjadi penjaga perpustakaan. Karena rajin dan cekatan dalam pekerjaan akhirnya Rara dipromosikan untuk menjadi sekertaris sekaligus asisten pribadi direktur perusahaan. Rara sudah bisa membiayai sekolah adik-adiknya hingga meraih sarjana semuanya.

Perjalanan cintanya juga sangat mulus, Rara mendapatkan pinangan dari anak yang punya perusahaan yang ternyata dulu adalah asisten dosen tempat kampusnya. Dia selalu mengikuti Rara ke mana saja ia pergi dan semua keluarga Rara sudah diketahuinya. Bahkan ikut membiayai pengobatan ibunya tanpa Rara mengetahuinya.

Tepat dua hari setelah pernikahannya, ibunya kembali masuk rumah sakit dan harus bermalam di sana. Semua sudah diupayakan semaksimal mungkin, tetapi apa daya, Tuhan sangat mengasihi ibunya hingga memanggilnya agar tidak merasakan sakit lagi. Air mata tumpah tidak terbendung saat jasad ibunya masuk ke dalam liang lahat. Adik-adiknya segera memeluk Rara yang sudah berjasa kepada mereka hingga menjadi orang-orang yang sukses.

"Sabar kak Rara kita selalu ada di sisi kakak."

Sejak kepergian ibunya, Rara menempati rumah kecil yang terakhir kali mereka tempati. Ia sudah minta izin kepada suaminya untuk sementara tinggal di rumah ibunya. Setiap akhir pekan suami Rara selau datang menengok Rara yang hanya tinggal dengan pembantu rumah saja. Hingga hari ini tepat seratus hari kepergian ibunya, Rara pamit untuk kembali bersama suaminya pergi ke kota.

"Selamat tinggal, Ibu. Aku akan selalu rindu pada Ibu."

Kediri, 12 Juni 2021

Rasi Bintang Cygnus Itu...

Sausalina Isaurina

Rintik hujan turun dengan derasnya membasahi belahan bumi bagian utara, tepatnya di kota Kaysersberg, Prancis. Tampak seorang wanita duduk menunggu di sebuah halte tak jauh dari rumahnya bersama putranya, Jason yang berusia 3 tahun. Mungkin karena sore itu hujan turun, jadi tidak banyak orang yang keluar rumah, pikir Helena. Wanita yang menikah dengan seorang pria bernama Excel, di mana usia pernikahan mereka baru menginjak 5 tahun.

Namun kebersamaan itu tak berlangsung lama, ayah Jason meninggal dalam insiden kebakaran yang terjadi di laboratorium tempatnya bekerja, ia sedang melakukan sebuah penelitian tanpa Helena ketahui. Jika penemuannya berhasil itu akan membersihkan nama profesornya yang dituduh bersalah. Masih terasa hangat di ingatan Helena saat seorang laki-laki turun dari bus masih menggunakan jas laboratorium dengan tampilan usang.

Terkejut, itu yang Helena rasakan melihat sang asisten menghampirinya terburu-buru dengan raut wajah yang panik, takut, bingung, bercampur menjadi satu, membuat orang di sekitarnya merasa aneh.

"Ada apa?" tanya Helena berdiri.

"Lab ... laboratorium tempat pak Excel bekerja mengalami kebakaran hebat, dan ... bapak sepertinya menjadi korban di sana," jawab si asisten dengan gugup.

Seketika tubuh Helena terduduk lemas, air matanya mulai menetes tak kuasa membayangkan kalau suaminya itu benar meninggal.

Kemudian sang asisten mengeluarkan sesuatu dari saku jas putih yang masih ia kenakan, secarik kertas di mana tampak sebuah tulisan tangan.

"Rasi bintang Scorpio tidak akan muncul bersamaan dengan rasi bintang Orion."

Itu ditulis tepat sebelum Excel menghilang dari balik kumpulan asap yang mulai memenuhi ruangan itu dan menyuruh asistennya untuk memberikan kertas itu pada istrinya, Helena.

Hingga saat ini kertas itu masih disimpan rapih oleh Helena. Ia tahu maksud dari tulisan suaminya, *tapi kebenaran apa yang dimaksud suaminya itu?*

Berat rasanya menunggu seseorang yang tidak akan pernah muncul kembali di dunia ini. Bodoh, mungkin orang lain akan mengatakan hal itu pada Helena, tapi itu satu-satunya cara agar Jason tidak menanyakan perihal ayahnya jika kebiasaan menunggu ayahnya di halte harus berhenti begitu saja.

"Ibu? Kapan hujan ini akan berhenti? Bukankah Ayah tidak bisa pulang jika hujan masih terus turun? Bagaimana nanti kalau Ayah sakit terkena air hujan?" tanya Jason dengan polosnya.

Helena tersenyum mendengar ucapan anaknya, hati itu tiba-tiba terasa teriris saat mendengar suaminya akan sakit jika kehujanan. Bagaimana itu terjadi pada suaminya yang sudah pergi untuk selamanya dari dunia ini? Dengan mata yang berkaca-kaca perlahan ia menjelaskan pada Jason.

"Ayahmu tidak akan sakit hanya karena terkena air hujan, Nak. Bukankah ayahmu membawa payung yang sudah kau masukkan ke dalam tasnya sebelum berangkat bekerja dulu?"

Bahkan ayahmu tidak akan bisa merasakan dinginnya air hujan lagi.

Helena kembali tertunduk saat air matanya menetes. Ia tidak kuasa membayangkan bagaimana perasaan Jason nanti kalau tahu ayahnya sudah meninggal. Ia mungkin bersalah dengan membohongi anaknya mengatakan ayahnya pasti akan pulang, tapi itu terpaksa ia lakukan dan hanya berharap kelak Jason akan memaafkan dirinya. Diusap air mata ibunya pelan dengan jari-jemarinya yang basah terkena air hujan. Terasa dingin saat jari Jason menyentuh pipi Helena, dengan cepat ia mengusap air matanya agar Jason tidak lagi khawatir.

Helena meraih tangan kecil Jason lalu digenggamnya pelan kemudian berkata,"Ibu tidak apa-apa, nak," sambil menatap kedua bola mata anaknya itu lembut, lalu tersenyum agar Jason merasa tenang. Tak ingin berlarut dalam kesedihan Helena mengajak putranya pulang karena bus terakhir sudah lewat dan hujan pun sudah reda.

"Sepertinya Ayah tidak akan pulang hari ini lagi ya, Bu," tanya Jason turun dari tangga halte dengan tangan kirinya yang digenggam ibunya.

"Tidak, sayang. Mungkin besok, lusa atau seterusnya," jawab Helena berusaha tegar.

Mereka melangkahkan kakinya santai kembali ke rumah karena Jason asyik bermain genangan air hujan yang tersisa di jalanan beraspal. Saat sedang asyik bermain, Jason yang tidak hati-hati saat mendarat dari loncatannya membuatnya jatuh dan menangis kesakitan karena kakinya terkilir. Helena bergegas menghampiri Jason yang melangkah lebih dulu darinya namun tak terlalu jauh. Diangkatnya tubuh Jason agar bisa duduk di pangkuannya dan melihat apakah ada yang berdarah.

Setelah memastikan tidak ada yang berdarah selain kakinya terkilir, Helena mendekap tubuh anaknya agar merasa lebih tenang dengan terus membelai kepalanya.

Kemudian ia berdiri dengan memeluk Jason dan menggendongnya. Namun saat tepat berdiri tegak, ia melihat lurus ke arah depan, tampak seorang pria tak asing baginya berdiri di antara gang kecil perumahan sambil memegang payung hitam yang juga menatap dirinya. Tiba-tiba Jason yang masih terisak bertanya kenapa ibunya belum juga melangkah, seketika membuat pandangan Helena beralih pada anaknya yang berada di pelukannya. Saat kembali melihat pria itu, tampak kalau pria itu sudah tidak ada di sana dan menghilang dari pandangannya.

Tak ingin berpikir aneh, Helena kemudian bergegas pulang ke rumahnya karena ingin mengobati kaki Jason yang terkilir. Sambil terus berjalan ia membayangkan sosok pria yang baru saja di lihatnya. Perasaan hangat itu kembali menyelimuti hatinya, hati yang sudah lama membeku kehilangan sosok suaminya kini mencair karena sosok pria yang ia lihat. Pria itu terlihat seperti suaminya, Excel yang satu bulan lalu telah meninggal.

Namun saat bayang-bayang kegembiraannya mulai muncul dengan cepat ia menepisnya, ia tidak ingin merasa senang di atas fatamorgana di mana dirinya saja belum pasti pria itu siapa, ia hanya berpikir kalau itu hanya ilusinya semata karena sangat merindukan suaminya. Sambil mengehela napasnya yang berat ia memegang gagang pintu lalu membukanya setelah kunci rumah itu terbuka. Di letakkannya Jason dengan pelan di sofa kemudian ia kembali menutup dan mengunci pintu lalu mengambil kotak P3K yang ada di samping televisi.

Tampak Jason yang mengantuk mulai tertidur di sofa saat Helena selesai membalut kakinya, lalu ia pergi ke dapur dan membiarkan anaknya tidur. Di dapur, Helena segera memasak untuk makan malam mereka. Namun saat melihat isi kulkas, ia melihat ada beberapa terong ungu, timun dan tomat. Sejenak ia terdiam melihat ketiga bahan itu tanpa menutup pintu kulkasnya. Setelah sadar dari lamunannya, ia mengeluarkan semua bahan itu dan mulai mengolahnya menjadi masakan.

Ia ingat kalau suaminya sangat menyukai ratatouille buatannya. Awalnya ia hanya ingin membuat balado terong, namun entah apa yang ada di dalam pikirannya hingga tanpa sadar ia memotong cincin tipis terong, tomat serta timun. Ini pertama kalinya ia memasak menu favorit suaminya setelah satu bulan kepergiannya. Setelah menata semua bahan di atas loyang tiba-tiba telepon rumahnya berbunyi dengan keras dan terdengar nyaring di ruang tamu. Bergegas Helena mengangkatnya karena takut membangunkan Jason.

"Halo," ujar Helena setelah mengangkat telepon. Namun tidak terdengar jawaban saat Helena kembali bertanya dengan siapa dirinya berbicara.

Karena tidak kunjung ada jawaban dari seberang ia berpikir kalau itu adalah telepon iseng, lalu ia menutup teleponnya dan kembali ke dapur untuk memasak. Baru saja memasuki dapur, tiba-tiba terdengar seseorang mengetuk pintu dari depan.

Bergegas Helena menghampiri pintu dan melihat siapa yang datang, namun saat pintu terbuka tidak ada seseorang pun di sana. Helena merasa sedikit takut, bukan karena hantu tapi khawatir akan orang jahat yang mengintai rumahnya. Segera ia masuk mengunci pintu rumahnya dan menutup semua jendela dengan tirai karena hari sudah menjelang malam. Ia kembali ke dapur untuk memasukkan loyang ke dalam oven.

Lagi, terdengar ketukan pintu dari arah samping rumahnya. Helena awalnya takut menghampiri pintu itu, tapi ia memberanikan diri dengan memegang sebuah gagang sapu untuk jaga diri kalau orang itu tiba-tiba menyerang. Perlahan ia membuka pintu itu dan terlihatlah seseorang berdiri di sana dengan pakaian serba hitam tak lupa topi hitam menutupi wajahnya. Karena takut dengan sosok itu Helena menutup pintu itu cepat lalu menguncinya. Dengan napasnya yang tak beraturan ia bersandar pada pintu yang baru saja ia tutup, namun orang itu kembali mengetuk lebih keras seolah meminta pintu itu dibuka.

"Aku tidak bisa membiarkan orang asing masuk ke dalam rumahku. Terlebih lagi aku tidak mengenalimu!" ujar Helena mengusir sosok yang tak ia kenali itu. Setelah itu tak lagi terdengar orang itu mengetuk pintu. Tiba-tiba orang itu berkata, "Apa kau tidak akan membukakan pintu pada pemilik rumah ini?"

"Seorang pria? Siapa dia?" ujar Helena lirih mendengar suara pria itu.

Helena terdiam saat mendengar orang itu menyebutkan pemilik rumah. Bukankah pemilik rumah itu dirinya dan mendiang suaminya? Memang saat mendengar suara orang itu, ia merasa tidak asing. Meskipun begitu ia tidak bisa percaya begitu saja, ia takut kalau ada orang jahat yang sengaja merubah suaranya mirip dengan sosok yang ia kenali tu.

"Pintu rumah ini tidak terbuka untuk orang asing! Pergilah sebelum aku memanggil polisi!" kata Helena tegas namun tidak keras karena takut membangunkan Jason.

"Apa kau akan melewatkan rasi bintang Cygnus malam ini?" sahut pria itu lagi.

Tiba-tiba Helena merasa ada yang aneh dengan semua ini, tidak ada yang tahu tentang hal itu selain suaminya. Tanpa pikir panjang ia membuka kembali pintu itu dan melihat siapa sebenarnya pria itu. Saat Helana membuka lebar pintunya, pria itu melepaskan topi yang menutupi wajahnya dan tampaklah seseorang yang Helena rindukan selama ini.

Meskipun tidak percaya dengan apa yang ada di hadapannya saat ini, ia masih berharap kalau itu bukan mimpi kalau ia bisa kembali melihat suaminya yang sudah meninggal. Matanya berkaca-kaca saat melihat sosok pria yang diyakininya sebagai suaminya, perlahan ia memegang wajah tirus pria itu dengan kedua tangannya dan memperhatikan setiap sudutnya.

"E ... Excel. Apa benar ini kau? Kau kembali? Ini bukan mimpi?"

Helena tak percaya dengan apa yang ia lihat saat ini. Pria itu mengangguk sambil tersenyum hangat mengiyakan kalau dirinya memang benar Excel. Tanpa pikir panjang Helena langsung memeluknya. Tak ada lagi keraguan dalam hatinya tentang sosok suaminya yang kembali.

"Aku sangat merindukanmu, Excel. Apa yang sebenarnya terjadi padamu? Apa kau baik-baik saja?" tanya Helena masih dalam pelukan. Excel hanya membalas pelukan istrinya sambil terus mengecup ujung kepalanya. Saat ini ia hanya ingin bersama keluarga kecilnya yang sudah satu bulan lalu ia tinggalkan setelah dirinya berhasil membersihkan nama profesornya dan kini ia dapat kembali hidup seperti orang normal di mana sebelumnya ia harus bersembunyi dari orang yang ia kenali dan sayangi.

"Aku juga merindukanmu, Helena," kata Excel sambil mengeratkan pelukannya.

Ada alasan mengapa Excel menuliskan "Scorpio tidak akan muncul bersamaan dengan Orion" adalah bukti yang ia temukan tidak akan muncul sebelum ia berhasil menemukan orang-orang yang sebenarnya bersalah. Dan pada saat Scorpio muncul, saat itulah Orion tidak menampakkan dirinya di langit begitu juga dengan orang yang bersalah akan dihukum sesuai perbuatannya.

Excel kemudian mengutarakan keinginannya pada Helena kalau ia ingin melihat putranya, bergegas mereka pergi keruang tamu di mana Jason berada. Diraihnya tubuh Jason yang masih tertidur dan menaruhnya dalam dekapannya, Excel memeluk erat putranya, memberitahu kalau ia juga sangat merindukannya.

"Seterusnya, kita akan selalu bersama-sama, aku tidak akan meninggalkan kalian lagi, tidak akan pernah."

Rindu Tak Berujung

Black_Queen

Aku adalah seorang anak sulung. Nama penaku Black_Queen. Aku hidup di daerah yang di kelilingi laut di Jawa Timur.

Tulisan ini adalah caraku melihat suatu sudut pandang dari sebuah kejadian.

***

Di sebuah kampung ada seorang kakek tua yang selalu duduk di depan rumahnya. Ia ditinggalkan oleh istrinya sejak sembilan tahun lalu. Istrinya meninggal akibat penyakit ginjal.

Kakek itu punya tiga anak dan tujuh cucu. Sayangnya anak sulung beliau merantau ke negeri orang sudah hampir 30 tahun dan belum pernah pulang kampung, walau hanya sekali.

Pagi itu, anak bungsu kakek memberitahu bahwa saudara sulungnya berencana pulang kampung.

"Pak, Mas Erik bulan Juli nanti akan pulang! Semoga saja Mas Erik jadi pulang kali ini, pak!" Ofa memekik girang.

"Benarkah? Aku senang sekali kalau Mas-mu itu bisa pulang secepatnya!" sahut kakek Uri yang bersemangat dan berbinar.

Semoga keinginanku selama ini bisa tercapai, Nak! Pulanglah, anakku! Aku merindukanmu, suara hati kakek Uri.

Selama ini dia selalu menunggu anak sulungnya pulang.

Dulu, ketika nenek Iyah masih hidup, dia juga berharap bahwa anak sulungnya itu pulang dengan membawa istri serta anak-anaknya. Tapi, harapan kakek Uri tak menjadi nyata. Nenek Iyah sudah dipanggil yang Mahakuasa, meninggal karena penyakit ginjal yang dideritanya selama setahun terakhir. Kini tinggallah Kakek Uri yang berharap kepulangan anak sulungnya.

Rumah kakek Uri dihuni oleh anak bungsu dan keluarga kecilnya. Ofa mempunyai dua orang anak lelaki dari hasil pernikahannya. Mereka semua berhubungan baik satu dengan lainnya. Anak nomor dua kakek Uri berada di rumah yang berbeda. Sudah delapan tahun ia meninggalkan rumah orang tuanya.

"Mbah, ayo kita *maen* adu panco!" ajak cucu kakek Uri yang paling kecil.

Kakek Uri tersenyum dan menghampiri cucu kesayangannya.

"Kalau kalah, nanti kamu harus *pijet* Kakek, ya?" kakek Uri memberi syarat pada Ahmad.

"Sapa takut, Mbah?" Ahmad tersenyum lebar.

Adu panco segera dimulai. Ahmad memanggil abang Rafli sang kakak untuk menjadi jurinya. Ahmad yang terengah-engah hanya bisa menampakkan wajah lesu.

"Nah kan, Ahmad juga yang kalah!" kakek Uri tersenyum senang. Akhirnya dia bisa mengerjai cucu bungsunya.

Ahmad seorang anak yang periang dan aktif. Ia masih duduk di bangku sekolah dasar kelas tiga. Sesuai perjanjian, Ahmad memijat kakek Uri. Orang tua dan abangnya tersenyum lebar melihat bocah itu manyun. Ya, Ahmad memanyunkan bibirnya yang tebal karena kalah.

Beberapa hari berlalu. Pandemi mulai menyebar di seluruh Indonesia. Kakek Uri yang menonton berita di televisi hanya mampu mengelus dada. Ia khawatir akan keadaan anaknya di negeri seberang.

"Bapak kenapa? Kok lesu?" tanya Ofa khawatir.

Ofa melihat ekspresi wajah kakek Uri yang cemas dan gelisah.

"Ini lho, nak. Berita di tivi kok cepet, ya, virus itu menular," sahut kakek Uri.

"Nggak usah khawatir, pak. Itu hanya berita. Buktinya di kampung kita alhamdulillah masih aman!" terang Ofa.

"Ya sudah, bapak mau ke kamar dulu," pamit kakek Uri pada anaknya.

***

Selama setahun wabah menguasai dunia ini. Kakek Uri yang bersemangat menunggu kepulangan anak sulungnya hanya bisa pasrah dan berdoa agar ia di sana baik-baik saja.

Hari berlalu dan berganti. Sebuah panggilan video membuat kakek Uri tersenyum. Ternyata anak sulungnya menghubungi beliau. Lama mereka berbincang meluapkan kerinduan selama ini.

"Semoga wabah cepat berlalu, nak. Agar kamu bisa pulang kampung secepatnya," kakek Uri berucap.

"Amin, pak. Doakan saja semoga wabah ini cepat selesai dan normal seperti semula!" sahut suara di ujung telepon sana.

Semakin hari kesehatan kakek Uri tak seperti biasanya. Selama ini ia mandi di sumur dan menimba air, sekarang beralih ke kamar mandi. Ia sudah tak mampu lagi menimba air untuk mandi.

Batuk kering menguasai tenggorokan kakek Uri. Semakin lama stamina dan kesehatan kakek Uri berkurang. Beliau juga merasakan sakit di area punggungnya. Jalan pun beliau membungkuk akibat sakit punggung yang dideritanya belakangan ini.

Malam hari kakek Uri merenung seorang diri.

"Jangan sampai kamu tak menemani kepergianku, nak! Aku sungguh ingin melihat wajahmu secara langsung," lirih kakek Uri pelan.

Ia berbaring dan beristirahat.

Matanya terpejam, menikmati nyenyaknya tidur di malam hari.

Seperti biasa, Kakek Uri melakukan aktivitas hariannya. Ketika mandi, secara tiba-tiba ia terjatuh karena terbelit celana yang hendak dipakainya.

Ahmad yang berada tak jauh dari kamar mandi mau menolong kakek tercintanya. Ia pun berusaha sekuat tenaga.

"Kek, ayo bangun! Maaak ... kakek jatuh!" teriak si kecil Ahmad. Ahmad yang hanya seorang bocah tak bisa menopang berat tubuh sang kakek.

Ofa dan suaminya memapah kakek Uri sampai di kamarnya.

"Pak, mana yang sakit?" tanya Ofa khawatir. Wajahnya kalut dan cemas.

Kakek Uri meringis menahan sakit di bagian punggungnya. Suami istri itu memijat bergantian daerah punggung kakek Uri. Tak lupa mereka menempelkan koyo di seluruh punggung kakek Uri.

Nafsu makan kakek Uri berkurang drastis. Ia selalu menanyakan perihal kedatangan anak sulungnya. Anak lelaki satu-satunya.

"Mas-mu *gimana?* Kapan dia pulang?" tanya kakek Uri sendu.

"Sabar, pak. Sekarang masih pandemi. Kita tidak bisa berbuat banyak," jawab Ofa.

Kakek Uri yang mendengar jawaban itu seketika terdiam.

Ofa meletakkan piring makan di sebelah kakek Uri yang duduk bersandar.

***

Sudah seminggu sejak kakek Uri jatuh dari kamar mandi. Hari ini ia sudah bisa berjalan dan bergerak seperti biasa, tapi pikirannya selalu tertuju pada sang putra di negeri seberang.

Hari ini ia tak mau makan dan minum. Buah yang diletakkan di samping ranjang tak disentuh sama sekali.

Ofa memanggil perawat desa untuk memasang cairan infus. Ahmad yang memperhatikan kakeknya nyeletuk dengan cepat.

"Mak, jangan di pasang air itu dan disuntik! Kasian Mbah kesakitan!" suaranya seperti tertahan. Ia tak tahu bahwa 'air itu' cairan infus.

Orang tua Ahmad dan abangnya hanya bisa tersenyum lebar.

"Infus ini agar Mbah bisa sembuh dan sehat! Mbah lemas karena kemarin tak mau makan apapun!" Ofa membuka suara.

Kakek Uri tak bisa bergerak bebas dan merespon perkataan orang di sampingnya. Sedari tadi ia hanya bisa mengejapkan matanya perlahan.

"Lebih baik kamu hubungi Mas Erik. Bapak sakitnya sudah beda!" suruh suami Ofa.

"Baiklah, aku juga berencana seperti itu," sahut Ofa.

Panggilan suara terhubung. Ofa berbincang dengan saudaranya.

"Mas, Bapak kita sudah tak merespon apapun! Juga tak mau berbicara dan makan sudah dua hari!" jelas Ofa.

"Mana bapak? Aku ingin melihat beliau langsung!" Erik pun khawatir.

Ofa mengalihkan panggilan suara pada panggilan video. Terlihat jelas bahwa Erik menyimpan kekhawatirannya. Ia sangat cemas sekali.

"Dekatkan ponsel ini pada Bapak. Aku ingin berbicara!" seru Erik bergetar.

Ofa mendekatkan ponsel kedekat telinga kakek Uri.

"Pak, maafkan aku! Aku tidak bisa pulang kampung. Maafkan aku karena tidak bisa mengurus Bapak waktu sakit!" suaranya terdengar jelas.

Kakek Uri merespon suara Erik. Tangannya menggapai mencari anaknya. Kepalanya seolah mau bangun dari tempat tidur.

Kehadiran Erik seolah menjadi obat buat kakek Uri. Sayangnya anak lelakinya itu masih berada di negara lain.

"Pak, ini panggilan video. Mas Erik masih di sana, Mas belum pulang pak!" Ofa berbicara di telinga kakek Uri.

Setelah panggilan video berakhir, kakek Uri kembali seperti sebelumnya. Beliau masih tak merespon semua suara. Semalam suntuk suami istri itu merayu kakek Uri agar mau makan dan minum, tapi hasilnya nihil.

Pagi ini, azan subuh berkumandang. Tak lama, jam menunjukkan pukul lima pagi.

Ofa memanggil mbaknya yang berada di kampung sebelah. Tak lama kemudian, mereka mengaji di sebelah kakek Uri yang bernapas perlahan.

Pagi itu juga, kakek Uri menghembuskan napasnya yang terakhir. Semua anggota keluarga yang lain hanya bisa menangis pasrah. Suara orang mengaji masih terdengar di rumah itu.

Harapan kakek Uri yang merindukan anaknya dan ingin melihat langsung sang putra yang sudah lama tak bertemu akhirnya pupus. Ia sudah pergi meninggalkan dunia ini. Raganya terkubur dengan tanah, begitu pula kerinduan yang disimpannya selama ini.

SAAT TANPAMU

ZIEN

Entah harus ke mana lagi kaki ini kulangkahkan. Seingatku, sudah banyak toko-toko kecil, perusahaan-perusahaan kecil bahkan pabrik-pabrik yang kudatangi. Dan pertanyaan yang sama aku lontarkan ketika sudah sampai ditempat tujuan, "Adakah lowongan pekerjaan ditempat ini?"

Jawaban yang aku terima hampir senada. "Maaf, tidak ada lowongan."

Walaupun ada rasa kecewa di hati, bibirku akan berusaha mengembangkan sebuah senyuman. "Bolehkah saya menitip lamaran ini? Barangkali suatu hari di sini membutuhkan seorang pegawai."

Aku cukup senang kalau diperbolehkan untuk menitipkan amplop cokelat yang berisi surat lamaran. Setidaknya hal ini adalah salah satu cara untuk menabur harapan.

Sampai saat ini, belum ada satu perusahaan pun yang menerimaku menjadi pegawainya. Padahal aku sangat membutuhkan pekerjaan agar bisa menghasilkan pundi-pundi rupiah walaupun tidak banyak.

Tidak muluk-muluk pekerjaan yang kuharapkan karena aku sadar kalau pendidikanku tidak tinggi dan usiaku tidak lagi muda.

Sangat mendesak kebutuhanku akan uang. Ada tiga makhluk kecil yang harus kuberi makan.

Selama dua tahun ini, aku sudah menjual barang-barang yang ada di rumahku demi kelangsungan hidupku dan anak-anakku. Bukan hanya menjual perhiasan yang kumiliki yang jumlahnya hanya sedikit, akan tetapi semua barang bisa laku dijual. Peralatan memasak, pakaian, buku-buku.

Suamiku, engkau di mana?

Hidupku tidak akan terasa begitu berat jika saja engkau ada di sisiku, suamiku. Walau aku tidak mengerti jalan pikiranmu, aku masih berharap engkau masih ingat padaku dan ketiga anakmu. Aku berharap engkau merindukan aku dan juga anak-anakmu. Aku berharap rasa rindumu bisa menuntun engkau kembali pulang kepadaku.

***

Dua tahun yang lalu...

"Mar, besok pagi aku akan ikut dengan temanku ke luar kota. Katanya ada pekerjaan buatku di sana," kata Kang Hamid suamiku.

"Luar kotanya ke mana? Terus teman Akang yang mana yang menawari pekerjaan itu?" tanyaku sambil mengerutkan dahi.

"Aku akan ikut si Supri ke Sukabumi. Katanya, ada perusahaan temannya yang sedang membutuhkan beberapa orang pegawai. Mudah-mudahan aku bisa diterima bekerja di sana."

"Aamiin. Ya, mudah-mudahan ini rezeki, Akang bisa diterima bekerja di sana. Hati-hati saja ya Kang, selama perjalanan. Mmm, kalau ongkos untuk ke Sukabuminya bagaimana? Akang punya?"

"Kata Supri, dia akan menanggung ongkos perjalananku ke Sukabumi. Nanti, kalau sudah diterima bekerja, barulah dibayar dengan gaji pertama." Kang

Hamid tersenyum padaku. Matanya berbinar penuh harapan.

"Kalau Akang punya pegangan uang?"

"Tak ada Marni. Tapi, jangan khawatir padaku. Besok pagi, buatkanlah nasi bungkus untuk bekal di perjalanan. Jadi aku tak perlu lagi membeli makan siang di jalan."

"Tak bisa begitu Kang. Akang harus punya pegangan uang walaupun hanya sedikit." Aku beranjak dari tempat dudukku, kemudian melangkah menuju lemari pakaian. Kusibakkan tumpukan pakaian lalu kuambil simpanan uangku. "Pergunakanlah untuk keadaan darurat."

Aku menyerahkan selembar uang lima puluh ribu dan beberapa lembar uang sepuluh ribu. Sebenarnya, hanya itulah uang yang kupunya. Tapi aku tidak rela kalau suamiku pergi jauh tanpa memegang uang.

"Jangan Marni, itu uang belanjamu. Kalau kau berikan uang itu padaku, bagaimana kalau anak-anak tidak bisa makan? Bagaimana kalau anak-anak minta jajan?"

"Tenang... aku akan berutang dulu pada Si Tante."

Tante adalah sebutan kami kepada wanita pemilik warung.

"Mmm... baiklah, uang ini aku terima. Aku akan pulang begitu gaji pertama kudapatkan. Kalau pun aku tidak bisa pulang, aku akan mengirimkan gajiku padamu, Mar."

Kang Hamid memelukku. Ia mengelus-elus rambutku. "Maafkan aku karena belum bisa membahagiakanmu."

"Kata siapa Akang? Aku bahagia selama menikah denganmu. Keuangan kita memang sedang dalam posisi surut. Bersabarlah... jangan putus harapan. Setiap rumah tangga akan mengalami ujian. Tetaplah berdoa dan berusaha, agar kita bisa melewati ujian ini."

"Mulai besok kamu akan bekerja lebih keras, Mar. Karena aku tidak bisa membantu meringankan pekerjaan rumah. Hati-hati jaga kesehatan, ya. Aku titipkan anak-anak padamu."

"Iya, Kang."

Keesokan paginya, kami sekeluarga sarapan bersama. Walau dengan menu sederhana, kami membiasakan supaya bisa makan bersama-sama. Ketiga anakku duduk lesehan berjejer di samping bapaknya. Si sulung Adit baru berumur 6 tahun, anakku yang kedua Yusuf berumur 4 tahun dan si bungsu Aisyah berumur 2 tahun.

Sesekali si bungsu Aisyah naik ke atas pangkuan bapaknya.

"Adit, Yusuf, Aisyah... Bapak mau pergi kerja jauh. Selama Bapak nggak ada, jangan nakal, ya. *Nurut* sama Ibumu," kata Kang Hamid sambil sesekali mengusap kepala Aisyah.

Anak-anak mengangguk-anggukkan kepalanya.

"Pak, pulangnya bawa oleh-oleh, ya?" kata Adit.

"Ya, ya, oleh-oleh." Yusuf mengulangi perkataan kakaknya.

"Iya, nanti Bapak bawa oleh-oleh."

Sebelum pergi, Kang Hamid memeluk anak-anak satu per satu. Aku tidak pernah meragukan kasih sayang Kang Hamid kepada anak-anak. Kulihat Kang Hamid mendekap anak-anak dengan penuh perasaan lalu mencium ubun-ubun mereka.

Setelah itu, giliranku yang mendapat dekapan dari Kang Hamid. Sedih rasanya akan ditinggal jauh oleh suamiku.

Ternyata, saat itulah aku terakhir kalinya melihat wajah Kang Hamid.

***

Di awal kepergian Kang Hamid, aku masih beberapa kali menerima panggilan telepon darinya. Sampai akhirnya tak pernah ada kabar lagi dari dirinya. Kang Hamid sama sekali tak bisa dihubungi dan tak menghubungiku.

Resah, khawatir, kesal, semua rasa berkecamuk di dalam hatiku. Ada rasa tak percaya kalau Kang Hamid sanggup melakukan hal ini padaku. Tak percaya kalau ia meninggalkan aku dan anak-anak begitu saja.

Aku bersyukur, walau hari-hari terasa begitu berat, aku masih berpikir waras. Tidak ada sedikitpun rasa putus asa di hatiku. Setiap bangun pagi, aku masih dianugerahi rasa semangat di hatiku. Semangat untuk mencari rezeki dan semangat untuk mengurus anak-anakku.

Yang justru terasa sulit adalah harus selalu bersikap seolah semua baik-baik saja dan ketika harus berucap omong kosong di depan anak-anak.

"Bu, kapan Bapak pulang?" tanya Adit pada suatu ketika.

"Sebentar lagi sayang, mungkin minggu depan. Kita doakan saja semoga pekerjaan Bapak berjalan dengan baik dan Bapak bisa pulang membawa uang yang banyak untuk kita semua," kataku sambil tersenyum yang dipaksakan.

Saat malam tiba, saat aku merebahkan tubuh lelahku di atas tempat tidur, mulailah rasa rindu menyeruak di hatiku. Bantal yang biasa ditiduri Kang Hamid selalu kudekap sebagai teman tidur.

Saat rindu menyeruak, bukan hanya dekapan Kang Hamid yang kuingat, tapi juga kebiasaan kami ketika tidur. Kami selalu tidur dengan saling menggenggam tangan. Saat inilah, aku biasa menumpahkan segala rasa dalam bentuk uraian air mata. Di antara semua rasa, rasa rindulah yang paling menghimpit dada.

Andai saja engkau ada di sini, suamiku....

***

Tak pernah putus doaku untuk kesehatan dan keselamatanmu, Kang Hamid. Jika saja usahamu tidak berhasil, jika saja engkau dalam kesulitan, jangan ragu untuk pulang dan kembali ke sisiku. Mari berbagi beban denganku. Aku tidak keberatan jika harus membantumu untuk mencari nafkah.

Mungkin kini engkau sedang kesusahan dan sendirian, yakinkan hatimu untuk pulang padaku. Aku dan anak-anak sangat merindukanmu. Aku ingin anak-anak bisa tumbuh dengan sosok bapak mereka di samping mereka.

Pulanglah kembali ke sisiku, suamiku...

Cinta Pertama Tak Lekang oleh Waktu

Puan Harahap

Siang itu, panas dan berdebu.

Faizal memarkir kenderaannya mengikuti jalur yang terbentuk di depan kantor. Mematikan mesin mobil dan mencabut kunci, sekaligus mendorong pintu hingga terkuak. Ia mengeluarkan kakinya yang panjang dan mengenakan sepatu bermerk dari sebuah perusahaan *fashion* mewah yang berasal dari Perancis. Menjejak kuat ke lantai parkir.

Laki-laki itu menghempaskan pintu dan memencet *remote* yang bersatu dengan kunci. Sebelum meninggalkan mobil berwarna hitam elegan yang baru saja ia kendarai, ia menyempatkan mengeceknya. Hanya kebiasaan dan kehati-hatian saja. Sebab ia sendiri sudah di jelaskan tentang keamanan mobil yang termasuk sepuluh yang termahal di dunia.

Sejenak ia mengamati sebuah gedung perkantoran sederhana. Ia menarik sedikit bibir berwarna kemerahan marun yang segar dan sehat. *Bibir laki-laki yang tidak suka merokok*. Laki-laki itu berjalan memasuki pintu gerbang memasuki kantor. Seorang satpam membukakan pintu sembari tersenyum.

"Silakan Pak."

Membungkuk sedikit sebagai salam dan penghormatan, laki-laki itu melanjutkan perjalanannya. Tetapi ia seperti berpikir dan menoleh ke belakang. Dia ingin memutar tubuhnya mundur. Tetapi satpam lebih cepat menghampiri.

"Ada yang bisa saya bantu, Pak?" tanya satpam dengan ramah.

"Hem, saya ingin bertemu dengan ibu pemimpin perusahaan ini, saya sudah ada janji."

"Maksudnya ibu Kasandra? Ibu Kasandra di lantai lima pak, silakan."

"Terima kasih."

Laki-laki segera menuju lift.

Tak lama ia telah sampai ke sebuah koridor. Ada beberapa pintu yang tertutup. Tengah Faizal berpikirpikir tiba-tiba sebuah pintu di sebelah kanannya terbuka. Ia sedikit terburu-buru segera melangkah mendekati wanita yang agaknya akan pergi.

"Tunggu!"

Wanita itu menolehkan wajahnya. Saat itu rambutnya yang halus sepundak tergerai, wajahnya tirus cantik dan muda. Waktu seolah terhenti, pandangan laki-laki itu tak berkedip, bak terhipnotis.

"Ya, mencari siapa?"

Suara perempuan di sana serta kening yang sedikit berkerut, lagi membuat Faizal memikirkan sesuatu.

"Ibu Kasandra, direktris PT. Global Internasional. Kami ada janji temu hari ini," sambar Faizal, seolah ia takut perempuan itu membiarkannya.

"O, pak Faizal Irawan? Ibu Kasandra mendadak ada keperluan ke luar negeri, saya mewakili beliau. Mari ikut keruangan saya."

Faizal seperti tercocok hidung mengikuti langkah perempuan muda itu yang menebarkan wangi nan lembut dan manis. Entah kenapa ia merasa hari itu sangat beruntung. Bertemu perempuan cantik yang jarang tersenyum. Tetapi wajah itu dan bentuk tubuhnya yang langsing berisi seketika membuat ketertarikan yang kuat, seolah-olah tubuh perempuan itu dipenuhi oleh magnet.

Faizal menyilangkan kakinya setelah perempuan itu menyilakan duduk.

"Sebentar ya, saya ambil proposal yang telah Anda kirimkan."

Tak lama ia kembali dengan berkas di tangannya.

"Ibu Kasandra meminta penjelasan tentang manfaat yang kami terima saat kerjasama dengan perusahaan Anda."

Perempuan muda itu menatap laki-laki di depannya yang menjulurkan tangannya.

"Sebaiknya kita berkenalan dulu, tak adil bagi saya, sebab Anda sudah mengetahui nama saya, sedangkan saya belum."

"Oh!"

Perempuan itu sesaat tercenung. Tetapi tiba-tiba dengan cekatan ia mengambil sesuatu di tasnya dan memberikan sebuah kartu nama. Faizal mengambilnya dan membaca sebuah nama.

"A-aku seperti tak asing nama ini?"

Kedua mata saling bertatapan dan keduanya hampir bersamaan hesteris.

"Kau!"

Pertemuan pertama setelah perpisahan keduanya yang menyakitkan sebelas tahun yang lalu. Oh, sekian lama Faizal mencari perempuan cinta pertamanya itu. Ia nyaris berdiri dan bergerak mendekat untuk memeluk tubuh perempuan di hadapannya. Sayangnya mereka dipisahkan oleh meja.

"Kau ke mana saja Flora? A-aku merindukanmu."

Faizal hampir saja tak kuasa membendung perasaannya, antara senang sekaligus kemarahan dan ketidakberdayaan.

"Sudah berapa lama kau di sini? Kenapa aku baru tahu?"

Pembicaraan yang seharusnya membahas tentang pekerjaan sejenak terlarut oleh pertemuan itu. Mata serta semua gerak tubuh Faizal masih menyatakan cinta seperti dulu. Meski demikian pada pertengahan, mereka tetap menyelesaikan apa yang menjadi pekerjaan.

"Flora, waktunya makan siang bagaimana kalau kita merayakan pertemuan kita ini. Ok? Mau, ya? Kita makan siang. Aku sangat senang dan bahagia. Selama ini tidak ada teman yang bertemu, entah ke mana mereka."

"Iya, semua teman seperti menghilang, aku juga tidak bertemu seorang pun teman, hanya kamu."

Perempuan itu mengatakannya dengan serius. Flora berbeda dengan teman-teman lainnya. Ia selalu serius menanggapi sesuatu. Jarang sekali tersenyum dan tertawa. Sepertinya kerjanya selalu memikirkan sesuatu. Saat tertidur barulah ia tak berpikir. Sebab kebiasaannya itu maka ketika tertawa dan tersenyum ia terlihat sangat manis dan cantik. Matanya menyipit dan pipinya terlihat lubang kecil. Seandainya dia selalu tersenyum tak ada bosan orang menatapnya.

Faizal masih jelas mengingatnya.

Di suatu pagi yang ceria. Flora menjadi pusat perhatian seluruh siswa di kelas. Ia berdiri bersama bapak kepala sekolah yang mengenalkan dirinya sebagai teman baru mereka yang datang dari sebuah kota kecil.

Ia dan teman-teman lelakinya di bangku belakang diam seribu bahasa oleh sosok anak perempuan mungil yang tersenyum malu-malu dengan matanya yang berbulu lentik dan pipinya merah. Faizal pikir dia itu adalah putri cantik dalam dongeng dalam buku yang ibu belikan untuknya. Putri cantik dalam buku itu telah menjelma dalam diri Flora.

Setelah kepala sekolah keluar semua ingin lebih dulu menyapanya. Anak laki-laki berebut menyalami, ingin meninggalkan kesan untuknya. Beruntung Faizal yang menjabat sebagai ketua murid. Ia menghalau dan mengusir mereka semua. Alasannya mereka mengganggu ketentraman kelas dan juga si anak baru.

Sementara Faizal sendiri selalu menolehkan mata pada Flora. Sungguh perempuan mungil itu cantik. Dia seperti turun dari kahyangan. Pipi dan bibirnya berwarna merah yang sama. Faizal sangat penasaran dengan bibir kemerahan perempuan kecil tersebut. Terobsesi untuk menyentuh bibir yang menggemaskan tersebut. Ia selalu memikirkannya.

Tiba-tiba, saat kelas renang Faizal mengalami kram di tengah kolam. Tidak ada satu anak yang berani menolongnya. Flora satu-satunya anak yang andal berenang. Dia meluncur dan berhasil menarik tubuh tinggi dan besar itu ke pinggir kolam. Semua anak terkesiap ketika sandiwara itu dimainkan. Deni tergesa mendekati Flora. Hanya tinggal mereka bertiga. Semua teman menghilang.

"Flora! tolong! Faizal tenggelam. Dia membiru!"

Semua menahan napas ketika Flora melakukan ciuman pertolongan. Faizal yang berpura-pura pingsan menyambut ciuman tersebut. Membuat Flora terlonjak kaget. Faizal tertawa sembari mengelus bibirnya. Sementara Flora bangun dengan mata membesar lantas menangis berlari menutup wajahnya.Teman-teman bermunculan tertawa serta menggoda keduanya.

Esok harinya semua anak memiliki foto ciuman pertolongan Flora pada Faizal. Kepala sekolah kebakaran jenggot.

"Memalukan! Pencemaran nama sekolah."

Flora dikeluarkan dari sekolah, Faizal sama sekali tak membelanya.

Plak!

Pukulan di pipi Faizal mengakhiri pertemanan mereka, hingga laki-laki remaja itu menyadari ia jatuh cinta yang pertama pada Flora. Setelah hari itu Flora pindah dan tak pernah bertemu lagi.

Sampai Faizal bagai tersambar petir melihat sosoknya lag di perusahaan rekan itu. Faizal meremas-remas jemarinya. Sikap perempuan itu tak banyak berubah. Ia menyukai kediamannya nan manis, keseriusan, histeris dan semuanya. Karena ia jatuh cinta.

Hingga mereka berjanji bertemu di hari Minggu.

"Hallo, kami datang. Ayo, kasih salam sama om Faizal."

Lamunan pria itu terputus oleh sosok-sosok mungil dengan mata bulat yang jernih menatapnya polos.

"Faizal, ini anak-anakku, mereka cantik dan lucu-lucu, kan?"

"Oh, mereka cantik sepertimu, Flora."

Faizal menatap wajah yang tak banyak berubah dari saat ia menyukainya dulu. Hanya kini lebih dewasa serta keibuan. Tak putus Faizal memandangi perempuan itu. Ia mengulurkan tangan untuk mengusap bibirnya yang terkena makanan, Flora menangkap jemarinya dan mereka berpandangan.

"Kamu cinta pertamaku, Flora."

Gumamnya tak kedengaran. Flora, meletakkan jemari Fais. Seandainya saja Faizal tahu bahwa ia juga jatuh cinta yang pertama. Perasaan cintanya bersemi seperti mawar merah di taman bunga.

Ketika ia akan pergi dengan air mata berjatuhan di sudut pipinya, ia menunggu Faizal di gerbang sekolah dengan setangkai bunga mawar. Ia berpesan pada Liliana teman sebangkunya bahwa ia menunggu Faizal. Ia menunggu sangat lama tapi laki-laki itu tak jua muncul. Flora meremas bunga mawar itu hingga jemarinya mengeluarkan darah. Duri-duri menancapi daging jemarinya.

Ia buang remahan bunga mawar itu memenuhi rumput taman sekolah dan lantas lari membawa tangis.

"Oh Faiz, jika mengingatmu selalu saja air mataku berlinang, berusaha bertemu denganmu, tapi kau entah di mana?"

"Kamu tahu Flora, sampai sekarang aku belum menikah," kata Faiz sendu.

"Oh benarkah? Kenapa?"

"Karena aku sudah berjanji, bahwa aku hanya akan menikah dengan wanita yang melakukan ciuman pertama denganku."

"Oh, ya? Lalu sudah adakah dia? "

"Kaulah cinta pertama dan ciuman pertamaku, itu tak akan pernah pupus."

Flora terkejut, "Ta-tapi itu bukan ciuman, melainkan pertolongan ... dengan penyesalan yang amat sangat."

"Bagimu mungkin tiada makna, tapi beda denganku, aku selalu merindukanmu."

"Faizal! Lupakan ciuman itu. Aku tidak bisa lama-lama, anak-anak beri salam Om Faizal. Kita pulang, sayang."

Perempuan itu berkemas dalam tatapan pengawasan Faiz.

Dua anak perempuan cantik itu melompat turun dari tempat duduk mereka dan berebut menggamit jemari pria muda yang menyambutnya dengan senyum mengembang.

"Terima kasih makan siangnya. Sampai jumpa."

Keduanya saling melambai dengan perasaan yang menyentak.

'Dia tetap cantik seperti pertama kali aku menyukai dan jatuh cinta padanya.'

Faizal beberapa menit masih termenung-menung oleh keadaannya yang seperti bermimpi bertemu dengan wanita cinta pertamanya. Aku tak bisa berhenti memikirkannya.

"Ja-jadi Florin menjadi istri kedua seorang pengusaha?"

Faizal terlonjak mendengar cerita Iwang, salah satu teman mereka yang tinggal tidak jauh dari rumah orang tua Flora. Dia sengaja pergi ke rumah Flora dulu dan tak sengaja bertemu Iwang yang masih mengenal ketua kelasnya.

"Iya, istri pertama pengusaha itu meninggal, ia menikahi Flora dua tahun yang lalu, sayang sekali kau terlambat, ha ha ha."

Oh, dan anak-anak itu adalah anak tirinya? Setelah mendengar kisah wanita yang dicintainya itu, bergelora keinginan untuk menemui Flora di rumahnya, apa lagi menurut Iwang suami perempuan itu seringkali bertugas ke luar negeri. Flora dan anak-anaknya lebih sering ditinggalkan.

'Apakah kekasihku itu bahagia?' Itu adalah pertanyaan terbesar di benak Faiz terlepas dari pemandangan sebuah rumah besar, megah dan keren yang terpampang di hadapannya. Seorang pria berpakaian sederhana menyambutnya dan menyilakan masuk.

"Kata Ibu, Bapak disilakan masuk dan menunggu," katanya dengan sopan.

Di ruang tamu Faiz memandangi pernak-pernik ruang tamu tersebut yang berkelas. Ada pigura besar memuat seorang pria berwibawa dan tampan bersama perempuan yang lebih muda dan cantik. *Hmmm, itu pasti suaminya,* kata Faiz dalam hati.

"Hello Faizal! Kamu ke rumahku?"

Tiba-tiba Flora muncul bersama seorang gadis kecil di sampingnya.

"Ah, aku kebetulan lewat di sini, kata Iwang rumahmu di daerah sini, jadi aku mampir."

Rumah Iwang memang dekat dengan rumah orang tua Flora, bahkan dulu Iwang suka bareng jika berangkat dan pulang sekolah. Iwang ada perasaan juga pada tetangga cantik dan teman sekolahnya itu. Tetapi Flora tak menanggapinya.

"Rumahmu besar sekali Flora, dan kau tetap cantik."

Faizal memandangi Flora dengan kepedihan. Kenapa ia tak berjodoh dengan perempuan cinta pertamanya. Dibalas dengan senyuman.

"Ach, kamu juga sudah sukses Iz, mobilmu bagus dan harganya mahal."

Faizal hanya tersenyum kecil. Mereka berbincang tentang anak-anak Florin dan masa lalu sekadar basa-basi. Putri yang dituntun Florin meloloskan jemarinya dan lari ke belakang, hingga tinggal mereka berdua.

"Kau mau makan siang di sini ya, Iz, ayolah sekali ini saja, aku tengah masak."

Faizal menunduk, sebenarnya betapa dekat dan akrab mereka dulu sebelum kejadian kolam renang itu. Bahkan dia memanggilnya 'Gadisku'. Flora tentu tak pernah menghitung-hitung dan mengingatnya, hanya aku sendiri. Faizal menelan ludah. Gadis kecil tadi lari dan menelungkup di paha Flora, dan perempuan itu mengusap kepalanya dan menangkap tubuhnya, Faizal mengelus pula kepala gadis kecil itu dan jemari mereka bersentuhan, Faizal memijitnya menyalurkan rasa hangat. Flora melepaskan jemarinya dan nampak gugup.

"Bu Kasandra sudah menyetujui proposalmu, selamat ya Faizal."

Keduanya berpandangan. Ia mengikuti Flora melihat-lihat rumah dan mereka begitu dekat. Faizal menguji perasaan yang ia rasakan saat itu, ia berbalik dan pandangan bertemu. Flora tercekat ia agak terhuyung ke belakang, darah kerinduan menguasai keduanya. Faizal meraih perempuan itu dan menjatuhkan ciumannya. Hanya sekejap membuat Flora terkejut. Tetapi ia memeluk Faizal dan menaruh wajahnya di dada laki-laki itu. Faizal meraih dagunya dan menjatuhkan lagi ciuman yang rindu dan bergairah. Flora terisak-isak. Membuat keraguan Faizal, apakah Flora bahagia?

"Flora aku selalu mencintaimu."

Bisiknya meraup rambut perempuan cinta pertamanya.

"Mami!"

Kedatangan putri tiri Flora menyadarkan mereka, Flora melepaskan pelukannya dan menghapus air matanya. Faizal bisa melihat perasaan mereka berdua yang saling mencintai. Tetapi Flora sudah menjadi milik laki-laki lain.

"Flora aku pamit, ya. Salam untuk suamimu."

Faizal bergegas meninggalkan Flora yang terisak-isak dan lari ke kamarnya yang menghadap ke jalan. Ia melihat laki-laki yang sangat ia cintai itu terburu-buru pergi.

Bibirnya berbisik berkali-kali menyebut nama lelaki itu.

Rindu Terlarang

Eren_Naa

Lantas mengapa ku masih menaruh hati?

Padahal kutahu kau t'lah terikat janji
Keliru atau kah bukan? Tak tahu
Lupakanmu tapi aku tak mau

Sebait lagu dari Juicy Luicy itu seperti menyindir Freya. Mencintai seseorang yang telah memiliki pasangan. Salahkah? Tidak, tentu tidak ada yang salah dengan jatuh cinta. Bahkan jika itu dengan orang yang telah memiliki cinta lain sekali pun. Cinta memang seperti itu, selalu tidak terduga kehadirannya. Terkadang waktunya tidak tepat. Atau pada orang yang tak seharusnya.

Freya hanya bisa mencintainya dalam diam, Memandanginya dalam jarak dekat, memujanya diamdiam, sekaligus menyamarkan segala rasa yang dimiliki. Perasaannya menjadi ambigu. Terkadang ingin mengungkapkan, mengakhiri, tapi sekali lagi hatinya tak rela. Akhirnya ia memilih bertahan, meski itu menyesakkan.

Freya Gayatri, seorang arsitek muda yang bekerja di suatu perusahaan konstruksi. Nama dewi cinta yang disematkan dalam namanya tidak membuat cinta yang hadir dalam hidupnya semulus kariernya. Ia harus memendam berjuta rasa yang bergelora saat ia bertemu dengan pujaan hati di tempat kerja setiap hari.

Entah sejak kapan tepatnya ia mulai jatuh hati pada sosok Nathan Styawardana. Seorang pria bergelar Sarjana Teknik dalam jurusan Sipil yang membuat hatinya luluh lantah. Mereka dipertemukan di perusahaan yang sama. Mungkin saja cinta itu datang saat awal penerimaan kerja, seperti *love for the first sight*. Atau mungkin saat mereka sering dipertemukan dalam satu tim sebuah proyek.

Pastinya, kebersamaanlah yang menumbuhkan benih-benih asmara di jiwanya. Lalu tiba-tiba saja kini nama pria berlesung pipi itu sudah bertahta di hatinya. Tak bergeser sedikitpun, bahkan ketika ia tahu bahwa pria itu menjalin kasih dengan sahabatnya. Cinta itu tetap di tempatnya.

"Hei ... melamun aja, Neng! *Mikirin* aku, ya?" tepukan di lengan Freya membuyarkan lamunannya. Siapa lagi jika bukan karena Adelia. Sahabat sekosnya yang selalu melengket padanya ke manapun ia pergi. Dan juga yang paling penting dialah wanita yang dicintai Nathan.

"Uuh ... malas *mikirin* kamu! Bikin kantongku merana saja!" jawabnya datar. Freya kembali ke layar delapan belas inci di depannya. Jari jemarinya pun sibuk menari-nari dengan lincah di atas tuts *keyboard*.

"Ish ... tega banget aku *dicuekin!* Padahal aku mau *curhat,* nih!" Adelia merajuk. Bibirnya mengerucut sambil menopang dagu.

Freya berbalik hingga berhadapan dengan wajah Adelia yang putih merona. "Soal apa?" tanyanya kemudian.

"Nathan ...."

Deg!

Tiap kali mendengar nama itu jantungnya bereaksi, menghentak seperti pacuan kuda yang berkejar-kejaran. Memicu rasa yang ia pendam kembali bergejolak.

"Kenapa lagi?" tanya Freya setenang mungkin.

"Dia kelewat cuek! Padahal hari-H *udah* tinggal sebentar lagi, tapi sama sekali sikap acuhnya tidak berubah sedikitpun!" keluh Adelia sedih. Tangannya terus memutar-mutar pulpen sembari menghela napas.

Freya tersenyum dan mengusap lengan sahabatnya itu. "Mungkin dia hanya banyak kerjaan. Di kantor memang lagi kejar *deadline*. Banyak proyek yang molor dari *schedule*," ujar Freya sok tahu.

Ya, benar! Dia memang sekantor dengan Nathan tapi soal kesibukan seperti apa yang pria itu lakukan, jujur saja dia tidak tahu pasti. Apalagi mereka beda divisi. Freya divisi perencanaan sedangkan Nathan divisi pelaksana. Freya selalu berada di kantor sedangkan Nathan sering berada di lapangan. Meskipun pada akhirnya mereka berdua saling terhubung dalam pekerjaan, mereka tetap punya kesibukan masing-masing.

"Kalau begitu sekarang temani aku ketemu dia!" tukas Adelia. Ia menunggu jawaban Freya.

"Tidak bisa, Del! Pekerjaanku masih menumpuk!" tolak Freya halus. Meski semua itu hanya alasan untuk menghindari bertemu Nathan. Tapi kenyataannya ia memang sedang banyak pekerjaan.

Adelia mendekati Freya. "Sebentar saja, Frey! *Please ... pleeease!*" pinta Adelia dengan mata *puppy eyes*-nya. Ia menggoyang-goyangkan lengan Freya seperti anak kecil yang merayu minta di belikan mainan.

Freya menghela napas lagi. "Iya ... Iya... Sudah cepat ganti baju sana!" ujar Freya akhirnya.

Adelia pun berlonjak kegirangan. "*Asiap* Bos!" Cepat ia mengecup pipi sahabatnya lalu melarikan diri keluar menuju kamarnya.

Freya geleng-geleng kepalanya atas tingkah sahabatnya yang terbilang unik. Bagaimana tidak? Terkadang ia seperti anak kecil yang manja tapi sedetik kemudian dia bisa berubah menjadi gadis barbar yang menakutkan. Mungkin, itulah pesona Adelia yang membuat seorang Nathan jatuh cinta. Entahlah ... Freya enggan memikirkannya. Itu membuatnya patah hati.

***

Di sinilah mereka, di sebuah lokasi proyek apartemen di pinggir kota. Lumayan jauh jaraknya dari kantor pusat, begitu pun dari tempat kos Freya dan Adelia. Mereka masuk menuju pos sekuriti yang berada tepat di samping pintu gerbang proyek yang terbuat dari seng.

"Selamat sore Mbak-mbak, ada yang bisa diba—" Kalimat petugas keamanan itu terhenti sambil mengamati wajah Freya.

"Lho, Mbak Freya ternyata! Mau bertemu Pak Nathan, ya?" Petugas keamanan itu mengenali Freya dan hafal bahwa biasanya hanya Nathan yang berhubungan dengannya tentang proyek.

"Iya, Pak Sam! Apa Pak Nathan masih di sini?" tanya Freya ramah.

"Iya, Mbak! Tunggu sebentar saya panggilkan!" Pak Sam kemudian berlari masuk ke dalam bangunan setengah jadi dengan banyak bahan-bahan bangunan yang berserakan.

Semenit, dua menit ... hingga hitungan menit ke lima, Pak Sam datang bersama seorang pria jangkung dan badan yang proporsional. Menggunakan helm dan pakaian *safety*. Pria itu membuka helmnya dan membenarkan rambutnya. Wajah tampan dengan kulit yang tidak terlalu putih, tapi bersih. Tampak peluh membanjiri keningnya. Ia berjalan mendekat.

Bahkan hanya melihatnya berjalan pun hatiku rasanya mau berhamburan keluar, batin Freya meronta-ronta.

"Frey...!"

Sapanya sambil tersenyum pada Freya. Rupanya dia belum melihat Adelia kekasihnya yang ada di belakang Freya. Barisan giginya yang rapi begitu manis dengan satu lesung di pipi kirinya.

Tuhan... tolong aku! Kenapa senyum tunangannya orang makin hari semakin manis? Aku bisa kena diabetes lama-lama, bisik Freya dalam hati.

Adelia bergeser di samping Freya.

"Sayang!" sapa Adelia saat Nathan berada di depan mereka.

Nathan tampak terkejut. "Lho, kamu di sini, Del?" tanya Nathan heran. Ia tak menyangka kekasihnya yang sebentar lagi akan menjadi istrinya itu nekat mendatangi lokasi proyeknya.

"Iya, *handphone*-mu tidak aktif, Sayang! Aku perlu bicara sama kamu!" Adelia menatap lekat calon suaminya.

"Okey, aku ambil mobil dulu!"

Tanpa menunggu jawaban, Nathan berlari kecil masuk ke sebuah *basecamp*. Mereka menunggu hingga lima belas menit lamanya dan Nathan keluar mengendarai sebuah mobil *off road double cabin* dan berhenti di depan mereka yang duduk menunggu di pos sekuriti.

Mereka masuk ke dalam mobil dengan posisi Adelia di depan dan Freya di belakang. Seperti kata orang, hirarki kedudukan seseorang juga bisa dilihat dari letak duduknya dalam kendaraan. Dan di sinilah Freya membuktikan, kedudukannya tidak lebih penting di banding sahabatnya itu. *Sangat menyedihkan.*

Perjalanan tiga puluh menit terasa sangat panjang. Sepasang kekasih yang saling diam itu membuat perjalanan terasa lama dan membosankan. Bahkan saat mereka sampai di sebuah kafe *outdoor*, mereka masih dalam mode tutup mulut, wajah muram. Orang bisa menebak, jika hubungan mereka tidak baik-baik saja saat ini. Freya hanya diam dan memilih meja yang terpisah dari mereka demi memberi privasi.

Sesekali Adelia dan Nathan menatapnya, seakan bertanya apa ia baik-baik saja sendirian. Ia menanggapi dengan senyuman. Senyum palsu. Pedih? *Tentu saja. Siapa yang tidak pedih hatinya melihat orang yang dicintai bersama dengan orang lain?* Meskipun nyatanya posisinya kini adalah sebagai orang ketiga yang mencintai dengan rahasia.

***

Setelah hari itu tidak ada keluhan dari Adelia tentang Nathan. Sepertinya mereka sudah berbaikan. Freya pun kembali menjalani rutinitas seperti biasa.

"Frey, bisa ikut aku ke lokasi? Ada beberapa sudut yang perlu aku tunjukkan padamu!" tanya Nathan saat mereka berada di kantor.

Freya menganggguk dan segera mengikuti Nathan menuju lokasi proyek. Hanya butuh waktu dua puluh menit mereka sudah sampai di lokasi yang dimaksud. Sepertinya semesta sedang berpihak padanya. Mereka segera menuju ke dalam bangunan menaiki lift barang menuju lantai teratas. Rupanya Nathan ingin menunjukkan *rooftop* yang nantinya akan dilengkapi dengan taman dan kolam renang.

Mereka berdiskusi dengan asiknya hingga tak menyadari tetesan air langit sedikit demi sedikit menandai tempat mereka. Hingga bala tentara hujan keluar dan menyerbu bumi membasahi apapun yang di timpanya. Mereka berdua panik dan berlari mencari perlindungan. Masuk ke salah satu kamar apartemen yang belum jadi. Saling tertawa, menertawakan kekonyolan mereka yang begitu panik hanya karena hujan.

Baju setengah basah. Hawa dingin yang menyeruak. Gelegar petir yang bersahut-sahutan. Seharusnya itu menakutkan, namun itu berbeda. Entah apa yang ada dalam benak Nathan tapi bagi Freya itu membahagiakan. Bisa menghabiskan waktu berdua seperti itu sudah cukup baginya. Ia hanya ingin menikmati sedikit saja momen yang mungkin tak akan pernah kembali esok hari. Menikmati senyumannya yang mempesona, tatapan matanya yang menenangkan, suaranya yang menyejukkan dan gesture tubuh yang membuat desiran aneh.

"Ayo!"

Suara seraknya mengembalikan Freya ke dunianya. Dengan cepat Nathan mengandeng tangan Freya membawanya masuk dalam lift barang. Freya membeku. Bahkan sampai di dalam lift, Nathan tidak melepaskan tangannya, mengenggamnya erat.

"Tolong siapapun ... katakan jika ini bukan mimpi!"

***

Freya terbangun paginya. Itu jelas bukan mimpi tapi menjadi episode yang telah berlalu. Secuil penggalan memori tentang Nathan dan perlakuan manisnya. Meninggalkan banyak tanya dan terutama ... luka.

Dan Freya, masih memilih memendam cinta. Menyembunyikan rasa. Merindukan dirinya dalam diam. Bagaimana pun hubungan mereka tidak bisa lebih dari sekadar teman. Semanis apapun perlakuan Nathan padanya, Freya tetap seperti duri dalam daging dalam hubungan Nathan dan Adelia.

Dan *rooftop* itu menjadi saksi bisu bagaimana Nathan memberinya harapan ... harapan palsu sepertinya dan ia tetap menyukainya. Jujur, ia kecewa karena Nathan tetap melanjutkan hubungannya dengan Adelia sampai saat ini. Tapi selalu manis terhadapnya. Itu membingungkannya.

Morning Freya!

Jangan telat makan, Frey!

Hati-hati di jalan, Frey!

Cepat sembuh my sweet Freya!

Good night Frey! Nice dream!

Apakah kamu merindukanku, Frey!

"Tentu saja! Aku selalu merindukanmu, Nath! *Always!* Meskipun itu adalah rindu terlarang."

Rindu Berkubang Dosa

Aricha

Bermula ketika pulang sekolah aku mengganggu seseorang lelaki dengan *body* tegap di dalam balutan seragam sekolah khas kedinasan. Itupun hasil ide temanku yang pemalu. Pemalu tetapi cukup usil.

Aku yang lebih percaya diri dan juga suka jahil, tidak menolak ide konyol itu.

Aku Alcenna. Usiaku baru 15 tahun. Aku kini menjadi murid SMA kelas satu.

"Hai cowok, godai kita donkg." Suaraku terdengar cempreng di telingaku sendiri. Walau judulnya menggoda, tiada nada sensual dalam suaraku.

Aku dan temanku cekikikan. Kami dan dia terus melangkah, sambil terusku goda. Lalu jalan kami mulai berbeda arah. Kami mulai bersimpang arah menuju sekolah kami.

Lalu pada suatu siang, panas matahari membakar isi bumi, walau aku melihat tidak ada yang meleleh dibuatnya. Aku berpisah dengan teman pemaluku, lalu mulai menyusuri jalan ke gang rumahku.

"Hai cantik, sendirian ni ceritanya?" satu suara bariton terdengar dari suatu balkon rumah.

Aku mendongak ke asal suara.

Serrr ... darahku mengalir dua kali lebih cepat. Satu senyum manis yang penuh seringai jahil tercipta di wajah maskulin pria yang aku ganggu kemarin siang.

"Ehemm," aku berdehem. Tiba-tiba untuk menelan ludahku sendiri aku kesulitan.

Aku berjalan tenang dan pelan, jauh di dalam hati, aku ingin mengambil langkah seribu.

Tidak, tenang Alcenna. Kamu bukan gadis pemalu, aku berkata dalam hati menenangkan diri.

"Ternyata jika sendiri kamu lebih cantik, ya. Sikapmu juga jadi lebih *femi*." Dia terus mengolokku. Aku sempatkan mendongak kembali padanya. *Smirk* maskulinnya semakin lebar. Lalu dia memberi *kiss* jarak jauh.

Uhhh, kena batunya deh, aku.

Aku berlalu dan tak menggubris lagi. Walau sayup-sayup aku mendengar, "Sampai jumpa cantik."

Aku tak menyangka, pria tegap yang kami ganggu ternyata kos tidak jauh dari rumahku. Lalu siapa sangka suatu sore dia lewat depan rumahku. Aku yang sedang duduk manis di teras, kembali ingin membalasnya.

"Hai ganteng, mau ke mana? Rumahku di sini, lho!" kataku dengan berani.

Dia menghentikan langkahnya dan berbalik mendekatiku. Aku santai saja, merasa di dekat kandangku sendiri. Jarak hanya tinggal satu langkah.

"Mau mampir?" kataku menggodanya.

"Iya, nanti aku mampir. Mampir ke dalam hatimu cantik," ucapnya melayangkan tatapan tajam penuh godaan. Raut wajahnya sangat dingin jika tidak ada senyum atau sedang menggoda. Dia meneruskan langkahnya.

Lalu tanpa kami sadari semua berlalu dan kami semakin dekat. Tepat saat aku membeli detergen di depan gang rumahku, dia mencegatku dan menembakku dengan ucapan cintanya.

"Aku suka kamu, bisa jadi pacarku?"

Aku tertawa dan mengira itu hanya gurauan. Aku berlalu meninggalkannya. Akan tetapi tangan kuatnya menangkap pergelangan tanganku. "Aku serius. Jadilah wanitaku."

"Oke kasih aku waktu," lagu lama ingin menolak atau hanya sekadar menjaga gengsi.

"Tinggal jawab saja apa susahnya. Dia terkesan memaksa. Namun aku tahu sifatnya. Dia tidak banyak bicara.

"Ok. Aku akan jadi wanitamu."

Aku pun meninggalkan dirinya sambil memberi senyum manis.

Setahun aku jalani bersamanya, lalu suatu hari tanpa alasan jelas dia meminta kami berpisah. Aku mengikuti maunya.

Kami tidak lagi saling bertemu sejak itu. Setamat SMA aku melanjutkan kuliahku. Aku menamatkan kuliah dalam rentang 3.7 bulan. Kini aku telah lulus kuliah.

Iseng-iseng, di hari ulang tahunnya aku mengirimkan kartu ucapan ke alamat kampungnya. Zaman itu masih begitu manis untuk ukuran berkirim kartu, belum ada ponsel pintar seperti sekarang. Aku mencantumkan nomor ponsel biasaku.

Gayung bersambut. Satu nomor baru masuk dan ternyata dari dia. Beberapa bulan kemudian dia datang ke kotaku. Kamipun pergi jalan dan hanya mengobrol biasa. Setahun kami berkomunikasi hanya via telepon. Sekadar berteman. Aku pun telah mengenal pria yang lebih dewasa dariku.

Lalu di sinilah cintaku diajak memilih dan diuji. Pada suatu malam dia melamarku, entah setan mana yang lewat. Aku menolak lamarannya. Kamipun kembali bercanda dan ngobrol biasa. Seakan lamaran tadi hanya guyonan di malam hari.

Aku akhirnya mantap menerima lelaki dewasa ini. Aku menikah dengannya. Kerikil tajam mulai berserakan di jalan rumah tanggaku. Aku sangat terkejut dengan semua perubahan lelaki yang aku kira bersikap dewasa.

Banyak hal akhirnya membuat aku berderai air mata. Rumah tangga yang seumur jagung harusnya manis, hanya kepahitan yang aku rasa. Aku akhirnya merindui dia, dia yang dingin, tak banyak cerita, tak banyak gombal rayu. Aku menyesal menolaknya.

Setiap perkelahian terjadi aku selalu menyesal kenapa tidak memilihnya saja. Hatiku semakin berkabut. Aku berkubang dosa merindui lelaki lain. Akhirnya aku tidak tahan, suatu hari aku berbasa-basi menanyakan kabarnya. Saat ini telah dua tahun pernikahanku.

Aku kecewa, ternyata dia telah menikah setahun lalu. Aku memutuskan sambungan ponselku. Aku menghapus nomornya.

Sepuluh tahun rumah tanggaku, aku masih berderai air mata. Berulang kali aku ingin menyudahi pernikahan ini, namun jodoh mungkin masih ada di antara kami.

Aku tak tahu, tanpa aku sadari tangisan yang keluar dari pelupuk mataku, ikut mengikis rasa cintaku. Aku mulai tidak pernah peduli dengan semua yang terjadi. Aku kembali melacak dunia maya mantan kekasihku. Aku ingin berkomunikasi, bahkan niatku semakin gila. Aku ingin menikah dengannya walau hanya sebagai yang kedua.

Allah tidak berikan jalan itu. Aku tak pernah tahu keberadaannya. Alamat dia pun aku telah lupa. Namun memasuki perkawinanku yang kesebelas, aku tidak lagi menangis dan menangis. Aku menikmati duniaku sendiri.

Walau begitu aku tetap merindukan mantan kekasihku. Rindu ini semakin sesak dan menyiksa jiwaku. Jantungku terasa ada yang meremas dan membuat sakit. Ketika aku mengingat dirinya entah di mana dan sedang apa.

Siapa sangka ketika di tujuh brlas tahun usia pernikahanku, aku mendapat pesan Whatsapp dari nomor tanpa id pengenal.

Apa kabar?

Kabar baik. Maaf ini siapa?

Sudah lupa ya?

Bukan lupa tetapi tidak tahu. Aku balas dengan kalimat itu.

Orang yang pernah hadir di hatimu berpuluh tahun lalu, balasnya.

Rama? tanyaku.

Dan aku sangat *surprise* ketika dia menjawab 'iya'. Hatiku sangat senang, tak bisa aku lukiskan dengan kata-kata isi hatiku.

Boleh telepon?

Aku tentu mengiyakan. Rinduku 17 tahun ini terasa terobati. Mukaku merah karena aku merasa hawa panas menjalar di wajahku. Mengalahkan masa remaja dan mudaku yang tak pernah malu selain malu-malui.

"Kenapa suaramu bergetar? Aku boleh video call?"

Kembali aku mengizinkan, aku menutup mukaku separuh.

"Kenapa?" tanyanya.

"Aku malu," jawabku dengan suara yang aku paksakan. Suaraku terasa tenggelam di samudra dalam.

"Ha ha ha, kamu lucu. Sudah tidak muda lagi malah malu, padahal dulu selalu malu-malui." Dia bergurau dengan wajah dinginnya. Tak berubah. Aku hanya tertawa kecil.

"Apa kabar, sudah menikah?" Apa-apaan dia, masa iya di usia kepala empat ini, aku belum menikah.

"Belum, belum dua kali." Aku menjawab dengan guyonan.

"Tak pernah berubah, masih suka asal," jawabnya dengan senyum yang tak bisa aku tolak.

"Aku rindu, rindu padamu selama 17 tahun ini. Aku menyesal menolakmu," aku jujur di lain waktu ketika dia mengirim pesan *chat* menanyakan 'lagi apa'.

Dia menelepon dan mengatakan, "Mungkin kamu bukan rindu. Kamu hanya penasaran tentang kabarku. Di tengah kegelisahan hatimu, kamu membandingkan aku secara tidak langsung."

"Mungkin."

"Jika aku katakan, aku sekarang di dalam penjara, apa kamu masih tidak menyesal dan tetap bisa mengatakan rindu?" tanyanya dengan tegas. Aku berpikir sejenak.

"Ya aku tidak menyesal dan aku tetap rindu padamu!" kataku yakin.

"Kalau begitu katamu, pikirkanlah ... setahun lagi hukumanku selesai. Kau masih mau bersamanya atau aku? Pikirkan hatimu ke mana yang kuat. Setelah keluar, aku akan bertanya kembali."

Kini aku tahu, dia telah sendiri. Istrinya menikah lagi ketika dia terkena kasus tindak pidana korupsi.

Air mataku meleleh. Aku tidak tahu apakah aku masih sanggup meninggalkan suamiku, sementara dua tahun belakangan ini, dia telah berubah. Aku tidak pernah berderai air mata lagi, tetapi cinta di hatiku yang telah berderai.

Tuhan, untuk siapakah hati rapuh ini?

Menunggumu Pulang

Yeni Eka

Langit malam kian semakin pekat menghitam. Gelap tanpa taburan bintang. Embusan angin menabuh daun-daun. Dinginnya meresap hingga ke tulang-tulang. Setetes demi setetes air langit perlahan berjatuhan. Air langit yang semula berjatuh pelan berganti menjadi lebat dan deras. Suaranya bahkan kian lantang. Diiringi dentuman petir yang menggelegar. Membuat siapa saja yang masih terjaga akan memilih untuk meringkuk di peraduan.

"Akang merindukanmu, Neng." Kalimat itu begitu saja lolos dari bibirku. Meskipun tak kuucapkan lantang, hanya sekadar gumaman. Gumaman kerinduan.

Di kala suasana seperti ini, kerinduan terasa kian menyayat hati, menusuk hingga ke relung jiwa. Hati yang hampa mendamba kehadirannya. Jiwa yang beku menghasratkan kehangatannya.

Ketika hasrat menghampiri tanpa permisi, sekuat tenaga akan kutekan. Menenggelamkannya dalam-dalam. Mencegahnya menggiringku ke lautan melenakan.

Tapi... sampai kapan aku bisa menahan?

Aku merindukanmu pulang.

***

"Kata Teh Mumun, tiga hari lagi Neng berangkat Kang," katanya di suatu malam menjelang tidur. Hal yang beberapa hari atau beberapa minggu bahkan beberapa bulan yang lalu selalu kami bahas. Kendatipun tak ada titik temu.

"Akang tidak setuju Neng kerja di sana."

"Tapi ini demi kebaikan kita, Kang. Demi masa depan keluarga kita. Demi masa depan anak-anak kita." Selalu itu yang menjadi alasannya. Dan aku selalu tidak mampu untuk memperdebatkan alasan itu. Ah, begitu payahnya diriku. Pria lemah tak berdaya.

"Tapi tidak harus kerja di sana kan, Neng?" lirihku. Berharap setinggi-tingginya agar ia membatalkan rencananya atau bahkan mengubur dalam-dalam impiannya.

"Harus Kang ... karena hanya dengan bekerja di sana mimpi kita akan terwujud," katanya seraya menatap mataku lembut.

"Tapi Akang tidak sanggup jika harus jauh dari kamu, Neng." Aku membalas menatap mata berwarna cokelat itu. Mencoba melihat keraguan di dalamnya, namun tak kutemukan. Justru semangat membara yang kudapatkan. Semangat untuk mewujudkan mimpi-mimpinya.

"Tapi nggak ada jalan lain, Kang. Icad sudah kelas empat, sebentar lagi masuk SMP." Ia menjeda sejenak ucapannya. "Neng mau Icad bisa masuk pesantren, Kang. Sekolah di pesantren itu biayanya lebih besar dari sekolah umum. Sasa juga sebentar lagi sekolah. Dan Sasa tidak mau seperti kakaknya yang langsung masuk SD. Sasa malah sudah mulai merengek minta masuk sekolah TK."

Benar, Sasa putri bungsu kami belakangan sering merengek ingin sekolah, ingin seperti Nayla teman bermainnya yang tahun depan katanya mau masuk TK.

"Kata Mama Nayla, sekolah TK itu tidak gratis seperti di SD. Banyak mengeluarkan biaya karena banyak kegiatan," tuturnya.

"Neng juga punya cita-cita mau merenovasi rumah ini agar lebih layak kita tinggali, Kang." Aku tersentak mendengar ucapannya, menatap wajah cantiknya, lalu bergeming.

"Maaf Kang ... Neng tidak bermaksud ... maksudnya ... Neng sangat bersyukur Akang membawa Neng ke rumah ini. Alhamdulillah kita tidak pernah merasakan tinggal di kontrakan sejak kita menikah," ujarnya.

"Neng mau rumah ini direnovasi agar anak-anak bisa lebih merasa nyaman," dalihnya demi menyadari dan mengkhawatirkan perasaanku kalau-kalau tersinggung dengan ucapannya.

"Maafkan Akang yang belum mampu membahagiakanmu dan anak-anak. Akang hanya mampu mengajak kalian tinggal di rumah rombeng ini," lirihku. Sejak menikah, kami tinggal di rumah ini. Rumah rombeng peninggalan orang tuaku.

"Tidak Kang..." Ia menggelengkan kepalanya. "Sungguh, Neng bahagia tinggal di rumah ini. Neng bahagia menikah dengan Akang." Ia menggenggam tanganku.

"Lalu kenapa sekarang Neng memilih pergi jika Neng bahagia menikah dengan Akang?"

"Neng, bukan pergi, Kang. Neng mau bekerja. Dua tahun saja, Kang," kilahnya seraya melepas genggaman tangannya.

"Dua tahun itu lama, Neng."

"Insyaallah kita mampu, Kang. Demi keluarga kita. Toh sebelumnya kita juga pernah menjalani ini bahkan lebih dari dua tahun." Ucapannya menohok jantung. Benar, kami pernah terpisah dinding tebal bahkan lebih dari dua tahun saat aku menjadi penghuni hotel prodeo dulu.

"Apa tidak bisa cari pekerjaan di sini saja?"

"Di mana Kang? Kalau bisa bekerja di sini, Neng akan memilih kerja di sini. Di mana Neng bisa mendapatkan pekerjaan dengan gaji tujuh juta perbulan, sedangkan hanya memiliki ijazah SMP." Ia mendesah.

"Akang mau getol ngojek. Kalau perlu, Akang berangkat subuh pulang subuh untuk ngojek."

Ia menghembuskan napas pelan. "Akang sudah pernah melakukannya ... lalu Akang jatuh sakit," ujarnya. Membuatku diam tak berkutik.

Obrolan terakhir kami dua tahun yang lalu. Tiga hari sebelum keberangkatannya ke negeri nun jauh di sana sebagai TKW. Apalah daya, mencari pekerjaan yang layak dan mapan di negeri tercinta ini adalah sulit bagiku yang hanya berijazah SMA. Ditambah coretan kelam diriku sebagai mantan narapidana.

Dulu, karena tergiur upah dua ratus ribu, aku sempat menjalani pekerjaan penuh risiko. Kurir narkoba.

Misi pertama sukses. Misi kedua mulus. Untung tak dapat diraih, malang tak dapat ditolak. Dalam misi ketiga, gerak-gerikku terendus aparat. Melemparkanku ke dinginnya jeruji besi selama 4,5 tahun.

"Akang doakan Neng, yah. Jaga anak-anak. Nanti setiap bulan Neng akan kirim uang. Uangnya dikumpulkan untuk merenovasi rumah. Semoga kalau Neng pulang nanti, rumah ini sudah beres yah, Kang." Sederet pesan sebelum keberangkatannya.

"Akang ngojeknya tidak usah sampai malam, kasihan anak-anak. Dan tidak baik untuk kesehatan Akang." Kalimat yang terurai di tengah eratnya pelukan terakhir.

Meskipun berat, aku merelakan kepergiannya. "Jaga diri baik-baik, Neng. Akang akan selalu mendoakanmu." Semakin erat pelukan kami. Saling mendekap. Saling meresapi. Hingga air bening lolos dari sudut matanya membasahi kaos lusuhku.

Dua tahun dua bulan sembilan belas hari sudah terlewati. Sudah melewati batas kontrak kerjanya selama dua tahun. Namun, ia belum kembali.

Bukan diriku saja yang resah dan gusar menunggunya. Pun dengan Icad dan Sasa yang sejak kepergiannya mempunyai hobi baru yaitu mencoret kalender di setiap harinya, menghitungnya hingga genap 730 hari. Tak pernah bosan untuk bertanya. "Ayah ... kapan ibu pulang?"

***

"Belum ada kabar dari Ningsih, Yo?" tanya Teh Sari, kakak perempuanku yang membantuku mengurus anak-anak.

"Belum, Teh," jawabku.

"Kamu sudah menanyakan pihak yayasan yang memberangkatkan Ningsih?"

"Sudah Teh. Tapi jawabannya tidak jelas."

"Nomor telepon Ningsih juga masih belum bisa dihubungi, Yo?" Aku menggeleng.

Sudah lima bulan nomornya tidak aktif. Mungkinkah Ningsih mengganti nomornya. *Mengapa tidak mengabariku, suaminya?*

"Assalamualaikum. Yo... Yo... Setyo..."

"Waalaikum salam. Ada apa Mang Juned?"

"Yo ... aku tadi lihat Ningsih di rumah mertuamu."

"Benaran Mang?"

"Iya. Tapi Ningsih...."

"Ningsih kenapa Mang?"

"Eeh... Emmm... Kamu lihat sendiri saja nanti. Cepat kamu temui Ningsih!"

Bagai kuda yang dipecut, dengan cepat dan gesit, aku melesat bagai peluru menuju kampung sebelah, kediaman mertuaku. Mengabaikan sementara pertanyaan dalam benakku. Tentang mengapa Ningsih pulang ke rumah orang tuanya bukan ke rumah kami. Rumah rombeng yang kini sudah di renovasi. Bukankah itu adalah mimpinya.

Binar mataku menyala demi mendapati sosok yang sangat kurindukan.

"Neng...." Aku mendekat menghampirinya dengan senyum merekah.

"Akang...." Namun raut sendu yang justru dipancarkannya.

Aku mendekapnya, memeluknya erat. Lebih erat dari pelukan terakhir sebelum kepergiannya.

Ia terisak. Ia tersedu. Semakin ia terisak, semakin erat kudekap. Semakin ia tersedu, semakin erat kupeluk. Hingga kurasakan sesuatu yang bulat dan keras menonjol di perutnya terasa menekan tubuhku.

Aku melepaskan pelukan. Langit dan matahari serasa runtuh bersamaan menimpa kepalaku. Bumi dan laut serasa kompak menggulung tubuhku. Demi menyadari hal yang terlambat kusadari.

"Kamu hamil ... Ningsih?"

Serang, 02 Juni 2021

Kamu dan Kenangan

StrawCakes

Wajah gadis itu selalu hadir dalam mimpiku setiap malam. Tawanya, sedihnya dan senyumannya membuat aku selalu enggan untuk bangun dari mimpi indah itu. Hingga suara alarm yang berasal dari smartphone milikku membuat aku mau tak mau kembali pada kenyataan yang ada.

Mega, ya dialah gadis itu. Gadis yang pernah mengisi hari-hariku, memberi warna dan rasa pada kehidupanku yang hambar. Gadis yang selama selalu membuatu mabuk kepayang. Tapi sayangnya gadis itu telah tiada untuk selama-lamanya. Kenangan bersamanya masih tertinggal di alam bawah sadarku setelah kepergiannya hari itu. Hari di mana seharusnya menjadi hari yang paling bahagia untuk kami. Ya.

Hari itu adalah hari pernikahanku dengan Mega. Pesta yang seharusnya diisi dengan canda dan tawa, beralih menjadi penuh tangis dan luka. Kepergiannya begitu sangat mengejutkan dan terasa mendadak, aku pun sampai lupa kalau Mega memiliki kanker yang mungkin suatu saat akan memisahkan aku dengannya. Walau aku tahu siapa pun orangnya pasti akan mengalami hari itu. Hari kematian.

Mega, aku mengenalnya tanpa sengaja di tempat itu. *West Frisian Island*. Tempat yang menjadi saksi pada pertemuan pertamaku dengannya.

Kulihat dia saat itu tampak begitu menyedihkan dengan air mata yang tak henti-hentinya mengalir membasahi kedua pipinya. Aku terus memperhatikannya dari jauh.

Begitu sangat lucu jika aku mengingat kembali pertemuanku dengan Mega. Aku pikir semua wanita itu sama. Karena hatiku sudah seakan mati setelah pengkhianatan yang dilakukan mantan istriku satu tahun lalu. Tetapi kali ini aku melihat Mega sangat berbeda, seakan ia begitu sangat rapuh. Aku memberanikan diri mendekatinya lalu menepuk bahunya saat ia tengah bersimpuh di jalan yang sepi itu dan masih tetap menangis sambil menutupi wajahnya dengan kedua telapak tangannya.

"Kenapa kamu menangis?" tanyaku padanya. Dan ia menoleh seraya menghapus air matanya.

"Bukan urusanmu," ia menjawab dengan ketus lalu bangkit dan berjalan kembali. Aku hanya tersenyum dan mengikutinya.

"Bisakah kita berteman?" tanyaku kembali.

Namun Mega masih tetap berjalan. Ia bahkan tidak memperdulikanku. Aku pun terus mengikutinya.

Saat berada di persimpangan jalan, langkahnya terhenti dan aku pun ikut berhenti. Aku melihatnya tampak kebingungan saat itu. Mega menoleh ke arahku yang cukup jauh dari tempatnya berdiri. Entah kenapa aku selalu ingin tersenyum saat Mega melihatku saat itu.

"Kenapa berhenti?" tanyaku sambil menatapnya heran.

"Aku tak tahu sekarang ada di mana, bisakah kamu mengantarku kembali ke tempat awal?" ucapnya dengan penuh ragu.

"Tapi tidak gratis, ya," jawabku seraya tersenyum.

"Tidak gratis? Maksudnya?" Mega bertanya seakan ia serius menanggapi perkataanku, padahal sebenarnya aku hanya bercanda. Aku pun melihatnya seperti sedang berpikir. Seolah mengingat sesuatu yang kemungkinan ia tahu tentangku. Ia menatapku dengan lekat. Tak lama ia mengalihkan pandangannya ke arah lain. Tersirat dari sorot matanya kalau aku bukanlah orang yang ia kenal sebelumnya.

Ya, memang. Aku belum pernah bertemu dengannya, apalagi mengenalnya. Itu tidak mungkin.

"Iya, setelah ini kamu harus mau menjadi temanku," ledekku kembali namun lucunya ia justu menatapku dengan tajam. Aku sedikit merinding saat itu.

"Baiklah, aku mau menjadi temanmu," jawaban Mega sedikit mengejutkanku, entah harus senang atau sedih karena aku merasa takut setelah pertemuan itu aku tidak bisa bertemu dengannya lagi.

Dengan percaya diri aku mengantarnya. Padahal jelas sekali aku tidak tahu setelah ini akan ke mana. Mega mengikutiku dari belakang. Sebenarnya saat itu aku ragu mengambil jalan, tapi karena aku tak ingin melihat dia menunjukkan rasa kecewanya, akhirnya dia aku ajak ke suatu tempat yang menurutku sangat indah.

Kemudian Mega marah padaku setelah ia tahu kalau aku sebenarnya tak mengerti arah jalan pulang sebab aku ikut tersesat karena terus mengikutinya. Dan aku juga baru pertama kali ke sana saat itu. Ia meninggalkanku dan memutuskan mencari jalan sendiri dengan mengikuti suara deburan ombak yang seolah menuntunnya. Aku pun mengikutinya dari belakang. Hingga akhirnya aku bisa bernapas lega karena dia berhasil menemukan jalan menuju mobilnya berada.

Setelah pertemuan itu aku tak menyangka Tuhan mempertemukanku kembali dengannya.

Jujur sejak awal bertemu dengannya, hatiku seolah hidup kembali dan ingin mengenalnya lebih jauh lagi. Tapi sayangnya aku masih terikat pernikahan dengan mantan istriku saat itu. Aku pun tak berusaha mencari tahu tentangnya setelah pertemuan pertama dengannya.

Kemudian semesta seolah memihak kepadaku, dan di saat yang bersamaan satu kenyataan pahit harus aku terima. Karena ia menganggapku adalah Albi, saudara kembarku. Hatiku terasa sakit melihatnya menangis karena merasa kecewa padaku. Aku tak bermaksud membohonginya, aku hanya ingin dia tahu kalau aku mencintainya. Lagi-lagi aku harus bisa melepaskannya dengan ikhlas untuk kembaranku. Mega dan Albi bertunangan bersamaan dengan sidang keputusanku untuk bercerai dari mantan istriku. Hanya sebuah senyuman yang dapat aku tunjukkan pada mereka.

Hingga hari itu terjadi. Hari di mana Albi mengembuskan napas terakhir setelah satu bulan lamanya ia mengalami koma yang diakibatkan oleh ibu kandung dari anak angkatnya, Nindya. Dan Albi memintaku untuk menggantikannya menjadi pendamping Mega serta ayah untuk Nindya putri kecilnya itu sebelum menghembuskan napas terakhirnya. Aku pun tersentak.

Pernikahan mereka bahkan semakin dekat. Aku sempat bingung saat itu. Aku pun tak mungkin menjalani pernikahan tanpa adanya rasa cinta itu sendiri walau sebenarnya aku masih benar-benar mencintai Mega, tapi tidak dengan Mega yang begitu sangat mencintai Albi.

Akhirnya sebulan sebelum pernikahan itu terjadi, aku kembali meyakinkan Mega untuk bisa menerima cintaku dan menerimaku sebagai Alka bukan Albi. Dan Tuhan pun sangat baik sekali padaku, Dia memudahkan jalanku untuk bersama Mega. Perlahan ia mulai mencintaiku dengan sepenuh hatinya dan meninggalkan Albi di masa lalunya.

Satu hal yang membuatku sedikit terkejut, kebenaran yang sesungguhnya dari nenek Mega, Nina. Beliau menceritakan semuanya tentang Mega padaku. Terutama masa lalunya yang membuat Mega selama ini mengalami trauma yang cukup dalam karena kecerobohannya sendiri yang pernah gagal menjaga mahkotanya. Aku hanya bisa termenung, seolah jantungku berhenti sejenak. Tak mungkin aku mundur, aku telah terlanjur mencintainya.

"Kalau kamu benar-benar mencintai Mega, terimalah dia bersama masa lalunya. Bagaimana pun keadaannya sekarang, dia hanya seorang wanita biasa yang selalu ingin belajar dari kesalahannya di masa lalu. Tapi jika kamu tidak mencintainya lebih baik bilang padaku sekarang, biar aku yang akan membawa pergi Mega dari hidupmu."

Ucapan nenek seolah memberiku tamparan keras. Aku mencoba meyakinkan hatiku kembali, hingga akhirnya waktu membuatku bisa menerimanya. Ternyata mencintai itu bukan hanya sekadar membalas rasa yang sama. Melainkan seluruh yang ada di dalam hidupnya. Saling memberi, menerima, merelakan dan juga berkorban. Menuai mimpi bersama, merajut asa, dan mengukir cerita indah di setiap detiknya.

Siapa sangka setelah kebahagiaan itu terjadi, hal terpahit pun datang menghampiriku dan juga Mega. Ketika senyum mulai merekah, seketika pula tangis pun pecah.

"Mega... Mega bangun!"

Isak tangis pun pecah saat aku menyaksikan ia mengembuskan napas terakhirnya.

Semua yang berasal dari Tuhan, akan kembali kepada pemiliknya, Sang pengatur hidup seluruh makhluknya.

Kepergian Mega menyadarkanku pada sebuah takdir, di mana kematian adalah titik terakhir sebuah perpisahan. Aku bahagia pernah menjadi bagian hidupnya, melukis senyum di wajahnya. Walau bagiku sangat singkat, tapi dia dan kenangannya akan selalu aku rindukan. Dariku yang sangat mencintainya, Alka Adidaryo.

Kerinduan Membawaku Pulang

Komalasari

Tetes-tetes air hujan masih membasahi kaca jendela kereta api yang kutumpangi siang ini. Ini adalah perjalanan jauh pertamaku bersama jagoan kecilku.

Dengan hati yang penuh harap-harap cemas, aku terus meniti sedikit demi sedikit jalan panjang yang kulewati kali ini. Sesekali, kutatap wajah mungil yang tertidur pulas dalam pangkuanku itu. Wajahnya begitu lugu dan polos.

Ia adalah gambaran dari cinta suci yang tak pernah direstui. Ia adalah bukti nyata dari betapa aku adalah seorang pembangkang sejati.

Ya, sudah hampir delapan tahun lamanya semenjak kejadian itu. Hari di mana aku mengakhiri ikatan kasih sayangku dengan ibuku, dan mengawali kisah cintaku dengan dia, ayah dari putra kecilku.

Namanya adalah Ardhan. Dia adalah pria yang selalu ada dalam mimpiku. Dia sosok yang aku inginkan, untuk dapat mengisi catatan dari setiap lembaran masa depanku. Namun, sayang sekali karena ibuku tidak menyetujui kisah cinta kami berdua.

Perbedaan yang terlalu besar di antara kami, menjadi alasan ibu untuk menentang hubungan asmara antara aku dan Ardhan.

"Bukannya Ibu tidak menyukai Ardhan. Apalagi membencinya, tidak sama sekali. Tetapi, Ibu harap kamu dapat mengerti dengan keadaan kalian berdua," ucap ibu padaku dengan tegasnya. Aku hanya terdiam.

Bagiku itu bukanlah suatu masalah besar. Mungkin karena aku terlalu berpikir demokratis atau apalah namanya. Akan tetapi, yang aku tahu kami bisa hidup berdampingan dan saling menghargai keyakinan masing-masing. Itu sudah cukup bagiku.

"Aku mencintainya, Bu," jawabku dengan yakin. Aku masih mengatakan hal itu meskipun aku tahu, apa yang akan menjadi jawaban ibu padaku.

"Tidak, Nela! Sekali Ibu mengatakan tidak, maka Ibu tidak akan merubah keputusan itu. Apapun yang terjadi!" ibu berkata semakin keras padaku.

Aku hanya dapat tertunduk. Inilah saatnya aku harus jujur kepada ibuku.

"Maafkan aku Ibu, tapi aku harus menikah dengan Ardhan. Dengan atau tanpa restu dari Ibu," ucapku pelan dengan setitik kepedihan di sudut mataku.

"Kenapa, Nela? Kenapa kamu sangat keras kepala?" ibu kembali berkata dengan nada tegasnya padaku. Aku semakin tidak dapat menahan kepedihanku. Dengan segera, aku bersimpuh di pangkuannya dan memohon ampun.

"Aku mengandung benih Ardhan dalam rahimku," ucapku dengan isakan yang tak dapat lagi kutahan.

Tidak ada jawaban dari mulut ibuku, dan yang kuterima hanyalah sebuah tamparan keras yang sakitnya masih dapat kurasakan bahkan hingga sampai saat ini. Aku masih dapat merasakan kemarahan ibuku dalam setiap helaan napas Keanu kecilku.

Rasanya sangat perih ketika aku harus melangkahkan kakiku keluar dari pintu rumahku. Rasanya sangat menyakitkan, meskipun di depanku ada tangan Ardhan yang telah siap untuk menuntunku pergi dengan langkah tegak tanpa rasa malu.

Itulah saat terakhir aku melihat ibuku. Ia berdiri menatap kepergianku dengan air mata yang berlinang. Aku sempat meliriknya, namun ia segera menutup pintu rumahnya rapat-rapat.

Hujan telah berakhir, ketika aku sampai di tempat tujuanku. Sebuah kota kecil yang mungkin belum, atau bahkan tidak orang ketahui, Tasikmalaya.

Kulangkahkan kakiku menapaki tanah kelahiranku. Wangi aroma kerinduan sudah dapat tercium dengan jelas dalam batinku. "Ibu ... aku pulang, membawa cucumu," desahku dalam hati terdalamku.

Kugenggam erat tangan kecil itu, dan kutuntun melewati hiruk-pikuk keramaian kota kecil ini.

Keanu-ku tampak ceria dengan suasana baru yang ia lihat di sekelilingnya. Aku pun ikut tersenyum.

Kembali melanjutkan perjalananku dengan sebuah bus kecil, akhirnya aku benar-benar sampai di tempat masa kecilku. Jalanan itu dulu hanya sebuah dataran panjang berbatu, namun kini telah menjadi jalanan mulus beraspal hitam. Banyak sekali yang berubah di sini, kampung halamanku.

Aku melangkahkan kakiku dengan perasaan yang sangat berat. Aku seperti membawa beribu-ribu kilogram beras di atas pundakku. Akan tetapi, aku harus kuat. Karena saat ini, aku tengah menggenggam tangan jagoan kecilku.

Aku terus melangkah melewati deretan rumah yang sangat asing bagiku. Banyak sekali yang telah berubah, dan aku tidak mengenali kampung halamanku lagi.

Akhirnya, langkahku pun berhenti di depan sebuah rumah sederhana. Sebuah rumah panggung di atas kolam dengan dinding bilik bambu. Rumah yang tidak tergusur oleh perubahan. Rumah yang masih sama, seperti 8 tahun yang lalu saat aku pergi meninggalkan tempat ini.

Semilir angin senja menerpa hatiku, aku merindukan desiran angin ini setelah sekian lama.

Lagi.

Kugenggam erat tangan jagoan kecilku, dan kubawa ia pada masa kecil ibunya yang suka membangkang. Ia harus tahu, dari mana ibunya ini berasal dan di mana ibunya menghabiskan masa indah dengan senyuman polosnya.

Aku pun melangkah masuk dan mengetuk pintu.

"Assalamualaikum ...." ucapku pelan.

Terdengar jawaban dari dalam. Tidak berselang lama, pintu itupun terbuka.

Muncullah seraut wajah yang tidak asing bagiku. Wajah cantik yang dulu selalu membantuku dalam setiap tugas-tugas rumah yang ibu berikan padaku. Rima, kakak iparku.

Ia tampak terkejut melihatku berdiri di depan pintu rumah itu. Namun, seketika ia menghambur ke dalam pelukanku. Aku sangat merindukannya.

Tangis kami berdua pecah. Ia segera mengajakku masuk. Tak lupa, ia menggendong keponakan kecilnya.

"Kenapa baru datang sekarang?" teh Rima bertanya padaku. Aku hanya tersenyum.

"Bagaimana kabar, Teteh?" tanyaku.

"Baik. Sangat baik. Si Aa belum pulang. Ia masih ada pekerjaan di sawah," ucapnya.

Aa adalah panggilan untuk kakak laki-lakiku. Aku pun sangat merindukannya. Namun, aku tidak tahu bagaimana responnya nanti saat bertemu denganku.

"Bagaimana kabar yang lainnya? Sudah lama sekali aku tidak pulang. Aku seperti tidak mengenali tempat ini lagi," ucapku.

Teh Rima tersenyum. Ia memang sangat ramah.

"Ya, tentu saja kamu merasa pangling. Delapan tahun kamu tidak pulang. Jadi, pasti banyak yang sudah berubah di sini," ia tertunduk.

Aku berdiri dan menghampiri sebuah foto yang terpajang di atas rak televisi itu. Itu adalah foto seorang wanita yang telah menamparku dengan sangat keras waktu itu. Ia wanita yang telah menutup pintu rumahnya rapat-rapat untukku. Namun, ia adalah alasanku untuk pulang.

Ibu.

Tanpa terasa air mata itu terjatuh juga di sudut bibirku. Meski sudah kutahan dengan sekuat tenaga, akan tetapi aku kalah juga.

Kupeluk erat foto itu dalam dekapanku. Aku pun mencurahkan semuanya dalam tangisku.

"Ibu, aku pulang. Aku sangat merindukanmu. Lihatlah, aku membawa cucumu bersamaku. Dia selalu bertanya tentang neneknya. Karena itu, aku kembali ...." rintihku. Aku tidak sanggup untuk berdiri lagi.

Kubiarkan tubuhku ambruk di atas lantai. Namun, aku tidak sedikitpun ingin melepaskan foto itu dari dekapanku. Setidaknya inilah yang dapat aku lakukan saat ini. Memeluk foto ibuku dan menyimpan wajah itu dalam hatiku yang paling istimewa.

"Ibu juga sangat merindukanmu, Nel," ucap teh Rima seraya memegang pundakku.

"Semenjak kamu pergi dari rumah ini, beliau sering sakit-sakitan. Kami semua sudah mengupayakan segalanya untuk kesembuhan ibu. Akan tetapi, ibu lebih ingin mengakhiri rasa sakitnya dengan beristirahat dalam pangkuan Yang Maha Kuasa."

Sebuah dosa besar yang tidak akan dapat aku hapuskan sampai kapan pun. Aku telah mengambil kehidupan ibuku secara perlahan-lahan.

Aku hanya berharap ia mendapat tempat terbaik di sisi-Nya. Aku tidak ingin yang lain, selain surga untuknya.

Merindu Dalam Doa

Hisa NK

Hissa Ozura adalah seorang mahasiswi jurusan Teknik Informatika di salah satu perguruan tinggi favorit di kota Bandung. Setiap hari ia bertemu denganku di kampus.

Suatu hari, dia bercerita kepadaku tentang masalah hidupnya. Dia berpikir kalau orang lain selalu terlihat senang dan bahagia terlepas dari masalah yang dialami dalam hidupnya. Mereka terlihat seperti orang-orang yang tak memiliki beban di pundaknya. Namun anehnya, dia merasa tidak terlalu suka saat melihat temannya tersenyum bahagia.

"Ken, aku selalu merasa bahwa kehidupan orang lain selalu baik-baik saja, bahkan kelihatan seperti tidak punya masalah. Beda banget sama kehidupan aku yang rasanya kayak punya banyak beban terus, aku juga merasa tidak bisa bahagia," kata Hissa waktu itu.

Pada waktu itu, aku mengatakan kepadanya bahwa setiap orang memiliki permasalahan dan beban hidup yang ditanggung di pundaknya. Tentunya masing-masing beban hidup yang dialami setiap orang pasti berbeda-beda. Jika beban hidupmu selalu dibandingkan dengan orang lain maka percayalah, bahwa semua itu akan semakin berat.

Yang selama ini dipikirkan Hissa tentang orang lain tidak semuanya benar. Padahal dia sendiri tidak tahu betul bagaimana kondisi orang lain yang menurutnya selalu baik-baik saja bisa jadi kebalikannya, serta perjuangan orang-orang untuk menenangkan dirinya sendiri. Bisa saja mereka telah berhasil melalui masa-masa terberat dalam hidupnya.

Setelah itu, dia hanya terdiam merenungi perkataanku. Dia memikirkan apa yang aku katakan saat itu. Meskipun terkadang menasihati orang lain tidak semudah menasihati diri sendiri. Terkadang aku sendiri masih suka membanding-bandingkan diri dengan orang lain.

Waktu dulu aku juga pernah merasakan seperti di posisi Hissa saat ini. Saat itu juga ada yang menasihati aku bahwa Tuhan selalu memberikan beban masalah sesuai dengan kemampuan masing-masing. Oleh karena itu respon dari orang-orang pun juga berbeda-beda, terkadang ada yang merasa dibebani ada juga yang tidak.

"Tuhan, tahu seberapa kuat kita untuk bisa menghadapi masalah yang diberikan oleh-Nya, maka dari itu kalau soal porsi jangan ditanyakan karena kita tahu, kalau Tuhan itu memang Maha Adil," ujar seseorang kepadaku.

Pernah pada suatu saat aku kehilangan kendali sehingga terjerumus pada hal yang membuat jauh dari-Nya. Aku mulai terseok dengan segala permasalahan yang sebenarnya mungkin hanya remahan kecil bagi orang yang telah ditimpa banyak masalah. Tetapi, pada saat itu aku benar-benar rapuh. Jiwa terasa hampa dan aku selalu berkata, "Tuhan, kalau kau tidak suka langkahku, cabut nyawaku! Lebih baik aku mati, daripada hidup dalam kegelisahan yang tak menentu."

Begitu lama aku mencari jawaban akan semua permasalahan yang aku hadapi. Rasa muak setiap saat menghampiriku, mereka seakan mengejekku dengan kata-kata yang tak akan pernah habis. Dan aku, ya, aku ... aku semakin berang menjalani semua ini.

Setiap malam aku akan menjerit menyalahkan Sang Ilahi, "Tuhan, aku lelah! Aku hanya ingin sendiri! Kenapa Engkau tak pernah menjemputku! Kenapa Engkau tak pernah lelah membuat cerita kehancuran diriku!" Jeritku selalu membahana ketika aku merasa permasalahanku tak kunjung usai.

Hanya karena seseorang memutuskan hubungan cintanya denganku, maka aku tidak segan untuk menenggak barang haram dan melukai bagian tubuhku dengan sayatan-sayatan kecil. Rasa mual dan perih tidak menghalangiku berbuat sesuatu yang melanggar norma.

Semua lamunanku tersadar ketika Hissa menggoyangkan bahu.

"Hei! Malah kamu yang melamun! Lagi ada masalah?" ucapnya seraya menyugar rambut hitamnya.

"Nggaklah. Aku cuma ingat masa lalu aku, Sa. Masa lalu yang membuatku hancur dan tidak percaya sama sekali pada Tuhan yang telah berbaik hati pada kehidupanku." Kemudian aku melihat Hissa dengan tatapan tajam. "Kamu masih merasa tidak bahagia dalam hidup ini, Sa?" tanyaku padanya.

"Aku nggak tahu, Ken. Aku masih merasa menjadi orang yang terbuang di antara adik dan kakakku, orang tuaku seakan tak pernah peduli akan persoalanku. Aku merasa hampa, Ken." Tangannya kembali mengambil sebungkus roti kemudian menyobeknya sembarang.

"Aku *ngerti* posisi kamu, Sa. Aku juga pernah merasa menjadi sampah di dunia ini. Tapi, Tuhan terus membimbingku, Sa. Dia tunjukan aku ke jalan yang tak pernah aku sangka-sangka." Aku melihatnya dengan tatapan lembut.

Aku teringat kembali saat aku berada di titik nadir terendah. Pada saat itu, aku sudah tak lagi menginginkan kehidupan. Dengan keangkuhanku, aku kembali menenggak minuman dan obat-obat terlarang sampai terasa kaku di setiap sendi tubuhku.

Beberapa hari tubuhku terkulai lemah, hanya mataku saja yang masih bisa bergerak. Banyak orang melihatku dengan pandangan nanar. Tapi, aku tak peduli dengan semua yang senantiasa menyalahkan perbuatanku. Mereka hanya bisa berucap tanpa meraba. Mereka hanya melihatku sebagai benalu yang menggerogoti ketenangan hidup.

Pada saat itu aku semakin terpuruk dengan semua dogma yang mendera. Untuk bangkit pun, aku sudah letih. Apalagi untuk melangkahkan kaki, aku sudah tak mau lagi melangkah. Nasihat demi nasihat tak membuat hatiku tersentuh. Dalam benak hanya ada kata jijik ketika mereka berkata. "Cih! Jangan pernah mencampuri urusanku!" teriakku pada seorang laki-laki tampan yang aku sebut Abang.

Namun, kembali lagi Tuhan masih sayang pada jalan cerita hidupku. Dia mengajakku ke dalam mimpi yang membuatku merinding. Pada saat itu, begitu banyak orang yang masuk ke dalam api yang menyala.

Kemudian, aku terbangun dari mimpi burukku dengan peluh yang bercucuran. Aku berkata, "Tuhan, ampuni segala kesalahanku. Aku sangat merindukan-Mu. Untuk kali ini, izinkan aku untuk senantiasa berada dalam dekapan-Mu. Sayangi aku yang telah lama melupakan-Mu."

Mulai saat itu, aku mulai introspeksi perihal diriku sendiri. Aku berusaha untuk menyelesaikan segala permasalahan yang menimpaku dengan hati yang lapang. Karena dengan begitu aku bisa menjadi bahagia. Aku juga tidak perlu membandingkan diriku dengan orang lain. Aku hanya perlu membandingkan diriku dengan aku yang kemarin. Maka dari itu, aku bisa menjadi pribadi yang lebih baik hingga saat ini.

Beberapa tahun kemudian, setelah aku dan Hissa menyelesaikan studi, kami memutuskan untuk hidup bersama. Kami saling mengingatkan akan kerinduan kami pada Sang Maha Mencinta. Kami menjalani hidup dengan damai. Tak ada lagi umpatan dan kegilaan dalam hidup kami. Hanya ada satu kalimat yang kami torehkan, "Jangan merasa sendiri karena Tuhan akan senantiasa membimbing kita dalam setiap langkah. Jangan merasa terbuang karena Tuhan menciptakan kita menjadi manusia yang mulia."

Kami juga percaya, jika setiap masalah yang menimpa bisa menjadi pelajaran dalam hidup untuk kami. Karena akan selalu ada hikmah yang bisa kita ambil dari setiap suka dan duka. Membuat kami selalu yakin dalam setiap permasalahan pasti akan ada bentuk cinta Sang Ilahi kepada kami.

Para Penulis

1. Wiselovehope

Wiselovehope adalah nama pena Julie D., kelahiran Jakarta, 30 Juli. Ibu dua putra dan karyawati swasta yang sedari dini suka membaca dan mengoleksi buku. Juga berkarya sebagai kompasianer, penulis kontrak di berbagai *platform* dan Editor Akuisisi GoodNovel Indonesia. Beberapa karya tulis populernya adalah *The Prince & I: Sang Pangeran & Aku* dan *Cursed: Kutukan Kembar Tampan*. Juga baru meluncurkan Antologi *Risalah Rindu, Apakah Semua itu Nyata?* dan *Aksara tanpa Suara*.

Instagram: @wiselovehope

2. Lizbethsusanti

Lizbethsusanti adalah nama pena dari Elisabeth Ratna Susanti. Lulusan Universitas Kristen Satya Wacana di Salatiga, jurusan Business for Secretary Program tahun 2000. Lahir di kota Solo yang terkenal kalem dan selalu berseri.

3. Genik Amarta

Genik Amarta Adilawati lahir di Surakarta, 23 April 1991. Saat masih duduk di bangku SMA, pernah berangan-angan untuk bisa menjadi seorang penulis. Kini, mulai meniti langkah, berupaya mewujudkan angan-angannya dengan nama pena Genik Amarta. Karya: "Kau Ajarkanku Cinta" dan "Maafkan Aku Istriku"

4. Pujas_Erha

Nama penaku adalah **Pujas_Erha**. Asal kelahiran Kebumen, 30 Juni 2001.

Selain hobi membaca, aku juga hobi menulis. Beberapa hasil karyaku adalah, *Cerita Cinta Masa SMA*, *Happiness is Unwanted* dan *Cinta Wanita Biasa*.

5. Vieneze

Vieneze adalah nama pena dari Hotnida Evi Butar-butar. Hobi membaca buku dan sekarang kembali menggeluti dunia tulismenulis. Juga sebagai *author* kontrak di *platform* novel digital.

Karya-karya Vieneze:

Kisah Cinta Naomi, Thousand Years, dan Kau Milikku.

Instagram: vieneze

6. Dee__Ary

Dee_Ary, merupakan nama pena dari penulis bernama asli Arini Putri. Kelahiran Bali pada tanggal 25 Mei 2004, menjadi siswi di salah satu sekolah negeri di kabupaten Bangli. Mulai berkecimpung di dunia kepenulisan sejak diberlakukannya *school from home*. Sudah banyak karya yang diterbitkan mulai dari novel, cerpen, hingga chat story.

7. Hayurapuji

Puji Rahayu itu nama asliku, sedangkan nama penaku **Hayurapuji**. Umurku sudah menginjak kepala dua tepatnya 27 tahun. Aku bukan berasal dari bidang sastra, tapi karena hobiku suka membaca novel dan cerpen, disela-sela mengisi waktu senggang mengurus rumah tangga. Aku jadi suka menulis dan ini cerpen karya pertamaku.

8. Ayu Paramita

Ayu Paramita, lahir di Kediri pada tanggal 13 Oktober. Ibu rumah tangga biasa dengan terlalu banyak imajinasi di kepalanya. Berusaha menyalurkan ide, angan dan pikiran dalam bentuk tulisan.

9. Sudarsih Dwi Ningrum

Sudarsih Dwi Ningrum

Lahir Di Temanggung 13 Agustus 1996 sedang menempuh pendidikan strata 1 prodi PAI di INISNU TEMANGGUNG juga seorang tutor di salah satu sekolah non formal Pkbm Ulul Albab Wonosobo

Hobi mengarang cerita dan menulis puisi.ada bebarapa karya tulis yang masuk di radar sriwijaya dan tabayuna.com

10. Bang Zim

Tempat, Tanggal Lahir:

Bogor, 04 Des 2004

WhtasApp. : 0856-2482-8773

11. Ja_Ana

Panggil aja Ana, kelahiran 26 Januari 2003. Seorang penulis amatir yang terus berusaha menciptakan suatu karya yang luar biasa, membaca novel menjadi salah satu hobi hingga mencoba menulis novel sendiri. Selain itu juga aku penulis novel *online* disalah satu *platform* berjudul *Cleopatra* dan *Assalamu'alaikum Makmum Nakalku*.

Untuk info yang lebih jelas follow Ig aku @Ja_ana26

12. Conio.co

Conio.co nama pena dari Coni. Lahir di Bandung 29 November. Penulis amatir di sebuah platform online. Judul karya Angkasa: Salam Penghuni Bumi dan Tak Seindah Angkasa dan Taman Bunga. Karya baru dalam sebuah Antologi cerpen Risalah Rindu.

Instagram: @coniconnay.co

13. Ribka Stevani A

Biasa dipanggil **Rifka**. Saya kelahiran Pekanbaru, Riau, tanggal 20 Juli 2007. Sekarang tinggal di Riau-Pekanbaru, tepatnya di desa Kualu kecamatan Tambang.

Saat ini sedang menempuh pendidikan jenjang SMP di kelas 9. Ini kali pertama mengikuti antologi cerpen.

14. JayDeeAm

JayDeeAm adalah nama pena dari seorang perempuan kuliahan bernama Yasmin Asyifa yang berasal dari Jember, Jawa Timur. Merupakan penghobi otomotif sejak duduk di bangku sekolah dasar dan di saat itulah ia pertama kali menciptakan cerpennya hanya sekadar pengisi waktu luang. "Sahabat Terakhir" merupakan karya tulis pertamanya yang dibukukan. Akun Instagram: @yasmine_asyifa

15. Utiks

Utiks (Quora _youtixs) adalah nama pena, kelahiran Kediri, 1 November. Ibu 2 anak & PNS, yang hobi membaca *online & offline*, seorang penulis kontrak fiksi di berbagai *platform*. Karya Fiksi: Cinta Dalam Diam, Gedung Tua, Rumah Kosong, Pengembara cinta,No Title

Instagram : Quora_youtixs (utiks)

16. Sausalina Isaurina

Nama pena seorang perempuan bernama Debi Rahma P. Lahir tahun 1999, bulan Desember, tanggal 12.

Seorang penjahit rumahan yang mengisi waktu luangnya dengan menulis, di mana dua karyanya masih *on going* di sebuah *platform*.

Karyanya: Cinta di Ujung Senja, Hidden Secret.

Instagram: _sausalinaisaurina_

17. Black_Queen

Black_Queen adalah nama pena. Nama asli sebut saja Tiwi. Kelahiran Madura 19 April. Selama masa sekolah sudah banyak buku dan komik yang dikoleksi. Membaca juga menjadi salah satu hobi. Penulis kontrak di beberapa platform, karya yang pertama adalah Supir untuk sang nyonya.

18. Zien

Zien adalah nama pena dari Reni Mulyani. Lahir di Bandung pada tanggal 4 September. Bermimpi menjadi seorang penulis berawal dari kegemaran membaca majalah anak-anak dan remaja.

Mulai mempublikasikan tulisannya sejak tahun 2020 disalah satu media online.

Karya-karyanya: Jodohku Yang Luar Biasa, Kisah Kasih Rahma Dan Iqbal, Baju Baru, Tak Dinyana, My Secret Admirer, Bersikap Jantan, Seandainya, Seruling Pembawa Petaka.

19. Puan Harahap

Alamat: Jl Ketilang 1 No 220 RT/RW 04/16

Kel. Larangan. Kec.Harjamukti

Kota Cirebon.

WhatsApp: 0877-2925-6339

20. Eren_Naa

Eren_Naa merupakan nama pena yang dimiliki dari seorang penulis bernama Ernawati. Lahir di sebuah kota minyak, Balikpapan pada tanggal 12 Februari, ia menghabiskan masa remaja di sana dan kemudian hijrah ke kota daeng Makassar.

Berangkat dari hobinya membuat cerpen dan membaca buku, ia memberanikan diri menulis novel pada aplikasi novel online. Karya-karyanya antara lain: Random Love, Sepenggal Cinta untuk Kiara dan How can I love you.

Instagram : @eren_naa

21. Aricha

Aricha adalah nama pena Lita L, kelahiran Riau, 24 Mei. Ibu rumah tangga yang mempunyai hobi membaca komik sejak SMA dan suka travelling, juga sebagai seorang penulis kontrak di *platform.*

Karya-karyanya:

-Tolong Aku Suamiku.
-Upik Abu Jadi CEO. &
-Dia Kekasih Senjaku.
Instagram : @alcennamoswen

22. Yeni Eka

Yeni Eka, lahir pada 30 April di kota Serang, Banten. Ibu rumah tangga biasa yang kebetulan hobi membaca terutama membaca cerita fiksi. Memberanikan diri untuk menulis sejak setahun yang lalu. Motto dalam menulis, "*Tulis saja meski tak ada seorang pun yang membacanya.*"

23. StrawCakes

Nama pena **StrawCakes**. Perempuan kelahiran tahun 1996 yang merupakan seorang istri dan ibu dari seorang putri cantik yang lahir 2 tahun yang lalu.

Penulis di platform NovelToon dengan judul karya: *Jodoh Takkan Ke mana*, *Teduhnya Wanita* dan *Keliru*.

Cerpen ini merupakan ringkasan cerita dari novel *Keliru* yang menggunakan sudut pandang orang pertama dari tokoh Alka Adidaryo.

24. Komalasari

Komalasari, adalah nama pena dari Nela Komalasari. Lahir di Tasikmalaya, 07 Juni beberapa puluh tahun silam.

Sudah mencintai novel dan cerpen sejak beranjak remaja hingga beranak dua. Karya novelku ada di NovelToon dengan judul *Ryanthi* (Manisnya Kue, Pahitnya Kenyataan) dan *Pelangi Tanpa Warna*

25. Hisa NK

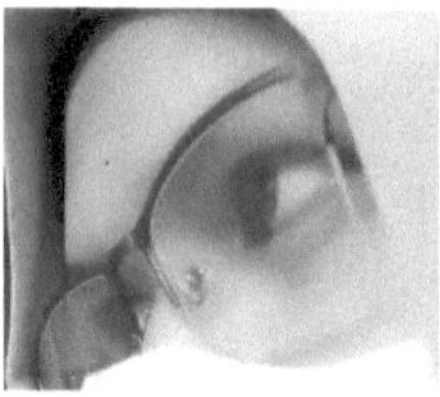

Hisa NK memiliki horoskop Sagitarius, tinggal di kota Bandung. Penulis nubie dan karyawati dari sebuah yayasan. Selalu bermimpi untuk mengelilingi dunia. Penulis yang berkarya sebagai penulis kontrak di beberapa platform.

www.ingramcontent.com/pod-product-compliance
Lightning Source LLC
La Vergne TN
LVHW102038051026
849518LV00014B/2014
* 9 7 8 6 2 3 9 6 6 5 3 9 5 *